東京藝大物語

東京藝大物語

茂木健一郎

This is a work of fiction.
All the characters and events portrayed
in this novel are either fictions or used fictitiously.

SEIZE THE ART.
(TOKYO GEIDAI MONOGATARI)
Ken'ichirō Mogi,

This campus novel has been inspired by the author's own experience of the time spent together with arts students while teaching at the **Tokyo University of the Arts.The novel** is full of idiosyncratic and memorable "happenings" caused by the Bohemian students, who try, in vain, to live up to their artistic dreams and ideals.
Floating 5 centimeters above the ground`

This book is printed on acid-free paper.
Book design by Shin Sobue + cozfish

Published by KODANSHA LTD., PUBLISHERS
2-12-21, OTOWA, BUNKYO-KU, TOKYO
112-8001

Ken Mogi, Ph. D. (born October 20, 1962) is a scientist, writer, and broadcaster based in Tokyo.

講談社

ISBN 978-4-06-219478-5 N.D.C.913 214p 20cm
First Edition:May 2015 Printed in Japan

13 12 11 10 9 8 7 6 5 4 3 2 1

ＪＲ上野駅の公園口を出ると、心なしか、風の中に緑が混ざったような調子になる。東京文化会館の横の、人が横に並んで三十人は歩けるような、広い通りを行く。右手にあるのは、国立西洋美術館。ロダンの『考える人』像と地獄の門が自然にイメージされる。やがて、鳩たちがそれぞれのリズムで地面をついばんでいる広場の向こうに、噴水が並び始めた。

木々の存在感が、人また人を重ねるように、次第に濃くなってくる。都会の中に思いがけず見いだした密林に入り込む、そんなよろこびがある。

まだ、桜の季節には少し早い。あと二週間もしたら、このあたりの木々はピンク色に染まるだろう。

まさにこの道を、小学校六年生の時、来日した『モナリザ』を観るために、歩いた。東京国立博物館の周りを、何重にも列が囲んで、辛抱強く、母親と並んで待っていた。上空から見れば、人の連なりが、丸まった蝶の口吻のように。あの日、「絵って凄い！」と思った。

こんなにたくさんの人が、「謎の微笑《ほほえ》み」を見に集まるなんて！「彼女」はスタアだ。そして、そういうものを作り出す画家って、凄い！

そのあとしばらくして、突然、「絵の教室に行く！」と言い出したのだった。きっと画家へのあこがれの気持ちが、抑えられなくなったのであろう。

公園のあちらこちらに、ブルーシートのかたまりがある。ホームレスの人たちの愛しい我が小屋。

公園を抜けると、そこから続く道の向こうに、目指す門があるはず。

「ホームストレッチ！」

最後の直線道路を進むと、両側に、東京藝術大学のキャンパスが広がる。上野公園を背にして、向かって左側が「美校《ビコウ》」(美術学校)、右側が「音校《オンコウ》」(音楽学校)。

出講札がかかったボックス状の掲示板は、すぐに見つかった。ガラスの向こうに、たくさんの木札が並んでいる。その中に、「藤田英治《ふじたえいじ》」があった。横に、「養老孟司《ようろうたけし》」という木札もある。さらに二つ、木札が並んでいる横に、自分の名前が書かれた札がちょこんとあった。

札そのものは新しくはない。おそらく、それまであった木札を塗り直しか削り直ししてつくったのだろう。しかし、その上に書かれた名前は、ピカピカと光を放っているかのよう。

札をひっくり返して、赤い字を黒くした。これで、正式に「東京藝術大学」の構内に入ったことになるのカナ。

目指す建物（「美術学部中央棟」）は、案内の地図で見つかった。右の方に歩いていくと、感じのいい食堂がある。テーブルや椅子が陽光の中で白く見える。何人かの学生たちが、談笑しているのが見える。時間がゆったりと流れている。

「美術学部中央棟」の前に立って、建物を見上げる。この中に、自分にとって未知の世界が詰まっているのだ。

玄関から入ると、急に周囲が暗く、ひんやりと感じられた。そして、ずいぶんと時代を感じさせる階段が見えてきた。鼻をつくのは、歴史の匂いだろう。

藤田英治さんから、「東京藝術大学で、非常勤で教えないか」というお誘いのメールを受け取ったのは、昨年の秋のことだった。それから時が満ち、今日になった。

藤田さんの研究室は、薄暗い階段を、何度かぐるりと回って上った廊下の入り口近くにあった。

左手の部屋は、実習室らしい。人体の骨格標本。さまざまな動物の剝製。解剖台と思われる大きなテーブル。水槽があって、中に、イソギンチャクが触手を動かし美しい海の魚が泳いでいる。その光景を見て、藤田さんの多彩な趣味の一つに、ダイビングがあるということを思い出した。

右手に、研究室があった。入り口の木札に、「美術解剖学　藤田英治」と書いてある。

ノックすると、「どうぞ！」という藤田さんの声がした。

ドアを開けると、不思議なことに、また一つ、廊下が現れた。おや、と思ったが、さらにおかしいのは、その廊下の突き当たりに一つの丸い鏡があって、その中から、藤田さんの顔がこちらをのぞいていたことだ。

「どうぞ！」

藤田さんが、再びそう言った。

しかし、声は、藤田さんの顔がある場所とは、どうも違うところから聞こえてくるようであった。

「どうぞ、入ってきてください！」

再び藤田さんの声が言った。

「はい。」

勝手が分からないままに、「ドアの中の廊下」を、藤田さんの顔が映った鏡に向かって進み、鏡の手前を曲がると、その奥に、小さな部屋が広がっていた。

アンモナイトの標本を置いた机を背に、画家の藤田嗣治《つぐはる》を思わせる容貌のその人が笑っている。部屋を満たすその光までが、フジタの乳白色を思わせる。しかし、藤田英治さんは、実際には、藤田嗣治の親戚でも、何でもない。そして、ここは、フランスではない。

改めて見る藤田さんの研究室は、不思議な構造をしていた。普通の部屋は、ドアを開けてすぐそこに「本体」がある。しかし、この部屋はそうではない。「ドアの中の廊下」とでも言うべき通路のような部分をさらに数メートル進み、直角に曲がったところに、机や椅子が置かれたスペースがあった。

藤田さんが机に向かって座っていると、入り口のドアが直接見えない。そこで、藤田さんは工夫をして、部屋への動線が曲がるところに鏡を斜め四五度に置いた。ドアを開けた人の姿が鏡で反射して映るから、誰が来たのか、確認できる。結果として、藤田さんは机から動かなくても済む。そんな、工夫の込められた「部屋解剖学」だ。


「どうぞ、お座りください!」

藤田さんが、椅子を勧めてくれた。腰を下ろすと、藤田さんの顔が、すぐそばに来た。

「ようこそ、東京藝術大学へ。」

「ありがとうございます。藤田さんは、この、美術解剖学教室の学生さんでいらしたんですよね。」

「そうです。東大の養老孟司さんのところに行く前は、ここに住んでいました。」

「この度は、ありがとうございます。」

「いえいえ、こちらこそ、よろしくお願いします。講義は、四月の第二週から始まりますので。また、詳細をご連絡しますね。」

「三木成夫《みきしげお》先生も、こちらにいらしたのですよね。」

「そうです。ぼくが学生の時は、三木先生はまだいらして、大変面白い講義でした。」

「例の、うんちを握れ！　ですね。」

「そうです！」

伝説の東京藝術大学教授の話をしているうちに、自然と、肌に当たる空気がまろやかになっていく。

藤田さんの研究室の横には、学生たちと、助教の先生の共同居室があって、美術解剖学教室に出入りしている学生が、何人かたむろしていた。

「隣に誰かいると思うから、行ってみてください。」

そう藤田さんにうながされて、部屋に来てみた。

真っ先にやってきたのは、丸顔で、無精ひげを生やし、肌が何やらてかてかと赤い男である。

やたらと人なつっこく、体型が、テントウムシに似ている。こっちを見て無防備なくらいニカッと笑っている。まだ肌寒いというのに、Tシャツ一枚である。

口を開くと、前歯が一本欠けていた。

「ウエダタクミです。植木の『植』に田んぼの『田』、タクミは、大工の『工』という字を書いて、タクミです。」

「ああ、そうなのか。そして、植田くんは、東京藝大の学生なのですね。」

「はい。油絵科に所属しています。」

その男は、それから、布の肩掛けカバンをごそごそやると、中から何かを取りだした。欠けた前歯をむき出しにして、私に向かってその物体を突き出した。ビーカーだった。

ガラスの面がすっかりくすんでいて、汚い。そして、端から中に向かって、チューブがぶら下がっている。その中に、白濁したものが入っている。

真空パックをすると、体積が減って、くしゃくしゃと縮まる、ちょうどそんな質感を、そのチューブは持っていた。

「う、植田くん、これは一体なんですか?」

「鼻水です。」

「は、鼻水!?」

「はい。鼻水です。僕が、苦労の末、東京藝大に合格しまして、キャンパスに初めて入りまして、そうしたら、鼻がムズムズしまして、その時に、くしゅーんと出た鼻水を、こうやって、チューブに入れて、ビーカーの端から下げております。」

「君が東京藝大に入った時というと……」

「三年前ですね。」

「ということは、これ、三年前の鼻水?」

「はい。三年モノです。乾燥して、白カビが生えて、そしていい感じに収縮して、こうなっております。」

「三年モノの、鼻水……。何で、そんなものを取ってあるの?」

「僕はですね、感動すると、習性として鼻水が出るのです。一種の生理現象ですね。子どもの頃から、美しいものを見たりすると、だーっと出るのです。ピカソの絵を、初めて生で見た時には、体中がムズムズして、鼻水が滝のように出ました。だから、僕が、苦労してですね、東京藝術大学に合格して、あこがれのキャンパスを初めて歩いた時にですね、出た鼻水を、記念として、取ってあるのであります。つまり、ひとつの、芸術表現といたしましてですね……」

芸術表現！

「植田くん、君は、東京藝大には、ストレートで入ったの？」

「いいえ、四浪しました。」

「うわあ、苦労したんだね。」

「ハイッ。しかし、芸術に対する思いは、まっすぐであります！」

植田工の横には、キリリと、明治の書生のような顔をした、男子学生が立っていた。人の話を聞きながら、顎《あご》のあたりをアワワワと動かす、へんな癖があった。植田工から眼を移して、今度は彼に話しかける。

「君の名前は、なんと言うの？」

「は、蓮沼昌宏《はすぬままさひろ》と言います。」

「蓮沼くんも、やっぱり、四浪したの？」

「いいえ、ぼ、ぼくは、一浪です！」

「そうなのか。」

蓮沼の横にぼんやりと立っている植田に尋ねる。

「東京藝大は、やっぱり、何度も浪人する人が多いの？」

「ハイッ！　二浪三浪四浪は当たり前っ！　ですね！」

「そうかあ。みんな、苦労して入っているんだなあ。」

「ハイッ！　何しろ、僕たちの所属している油絵科の倍率は、三十倍、四十倍、五十倍でありますから！」

そんな植田の様子を見ていて、頭の中に、車の「ジャガー」のエンブレムが浮かんだ。てかてかと赤い顔をして、前歯が一本欠けた男が、両手をジャガーのようにそろえて、前のめりに飛びかかろうとしている。

植田のあだ名は、「ジャガー」だな、と思った。人生前のめりだから、「ジャガー」だ。

蓮沼はまっすぐな目でこちらを見つめている。いかにも、何か言いたそうな、そんな表情である。もっとも、これはこの男の生来の持調子《もちちょうし》であるらしい。

「ぼ、僕は、上野公園で、は、鳩のスケッチをするという、そ、そういうプロジェクトをしていまして。」

蓮沼は、手に持ったスケッチブックを差し出して見せた。どの紙にも、鳩がたくさん描いてある。公園の広がりの中に、黒い点が散らばっている。一つひとつをとると、その表情の描き込みは最小限であり、むしろその配置の中に、心に訴えかける力がある。

つまりは、鳩の「点描派」だ。

「いいね！　君は、どうして、鳩の絵を描こうと思ったの。」

「は、はい、上野公園で、ホ、ホームレスのオジサンさんたちと話していて、それで、フ、フィールドワークとして、自分の中で、描こうと思いましたっ。」

「どうやって、鳩たちを観察したの?」

「は、はい。ぼ、ぼくも、公園で、オ、オジサンたちと一緒にベンチに寝転がりまして、ハ、ハトたちの行動を、観ていました。」

蓮沼は、話す時に、ちょっと言い淀む癖がある。言葉が、少しつっかえる。その感じが、鳩が、歩きながら、首を前後に振っている、あの印象に似ている。

「ぼ、ぼくは、し、小学校の時、は、話をするのが苦手で、そ、それで、その分、絵がうまくなった、というような意識があって、つ、つまり、こ、言葉ではなく、絵を通して世界をつかもうとしたのです。そ、それで、ある時、ゆっくりしたテンポで話してみたら、案外うまく話せたので、そ、それから、ゆ、ゆっくりと、は、話すようになりました。」

その話し方を聞きながら、蓮沼のあだ名は、「ハト沼」だな、と決めた。首を前後に振りながら、ぽっぽぽっぽと話している、そんなイメージがこの男には似合う。そういう風に考えて改めてハト沼の顔を見ると、豆鉄砲を食らったような大きな目を、相手に向けているようでもある。

ジャガーは、相変わらずニカニカしながら、時折、横にいるハト沼にジャブを出して突いている。なかなか、お似合いのコンビだ。

新しい人たちとの関係は、未知の二人の関係がすでに出来ていると、簡単に三角形にしてそれを丸めることができる。

その日は、ジャガーや、ハト沼、それに、藤田研究室の助教をしているという津口在五《つぐちざいご》という無口な男としばらく話した後、再び上野公園の中をふらふらと帰った。夕暮れ時で、歩く人の数もだいぶまばらになっている。ついさっき来る時に通ったばかりなのに、なんだか、違った風景のように見える。

鳩たちの姿も、見えない。

ジャガーが、人なつっこく、「送ります！」と言って駅まで後をついてきた。

それで、道すがら、自然とジャガーと話すことになった。

「植田くんさ、君は四浪したって言うじゃない、藝大の入試って、そんなに大変なの？」

「はいっ！」

「僕には、全然想像できないのだけれども、どんな試験なの？」

「一次試験はですね、両国《りょうごく》の国技館に集まるのです。」

「国技館、あの、お相撲の!?」

「はいっ。それで、その年によって違うのですが、テーマを与えられて、絵を描け、と言われるのです。先生は、国技館の構造は、ご存じでしょうか？　一階に桟敷席がありまして、二階には椅子席があります。それで、受験生の間では、桟敷席の方が描きやすく、結果として受かりやすい、というジンクスのようなものがありまして。」

「席は、どうやって決まるの？」

「抽選であります！」

「試験時間は、どれくらい？」

「七時間くらいであります！」

「そうかあ。ずいぶん長いんだなあ。」

「入試はですね、毎年、テーマが決まっているのであります。ある年は、トイレットペーパーを一巻ずつ配られまして、それをモティーフとして活かした絵を描け、と言われましたっ！」

「ふうん。ありふれているようで、かえって大変だね。二次試験は？」

「はいっ。東京藝術大学の、上野校地の絵画棟で三日間にわたり、油絵を描く試験がありま す。」

「その場合、モティーフは、何でもいいの？」

「いいえ。年によって、主題が決まっておりまして、たとえば、風景画を描け、という題が出ます。それで、みんな必死になってキャンバスの上で筆を動かしまして。」

「写真を見て描くの？」

「広い意味での風景ならば、何を描いてもいいのですが、東京藝大のキャンパスのあちらこちらに、散らばったりします。みんな思いおもいの場所に陣取って。」

「しかし、それだと、こっそり誰かに手伝ってもらったりしちゃう、みたいなことはないの？」

横を歩くジャガーの口元が、海の生きもののようにグニュッと動いた。それと同時に、彼の眼が、キラリと妖しく光ったかのようであった。

「それがですね、期間中は、キャンパスの至るところに、試験官がいまして、建物の陰、トイレの中や、廊下にも潜んでいる感じで、油断ができないんですよ。だから、みんな、隙を見せずに、マジメに描きます。」

「そうなのか。それで、どうやって合格が決まるの？」

「どうやら、教授たちが、デッサンや油絵をずらりと並べて、これがいい、あれもいい、と、順番に取っていくらしいです！」

「なるほど。芸術は主観だからな！」

「はいっ。それで、ぼくの絵は、四浪目に、合格ラインの外に置いてあったのを、ある教授が、最後に指示棒でスッ！　と、合格ラインの内側に移して、それでビリで合格が決まったようです。大学に入ったあと、助教の人がそう言っていました。実は、その教授は、大学でも変わり者として知られていまして。」

「ははは。危なかったね。それじゃあ、その変わり者教授の、指示棒でスッ！　がなかったら、君は、まだ浪人が続いていたかもしれないね。」

「はいっ！　スッ！　がなかったら、危なかったです。」

「君の怨念が、その指示棒に乗り移って、スッ！　となったんじゃないのか。」

「はいっ！　それくらいの思いでしたっ！」

「それにしても、君はずいぶん試験に詳しいね。」

「はいっ。五回受けましたから！」

「センター試験は？」

「それは適当でいいんです。何しろ、二〇〇点くらいでも受かったやついますから。」

「まさか。」

「そうなんです。鉛筆を転がしてマークシート塗ったり、塗りのパターンで、星形をつくったやつとか、いますから。」

「ほんとうかなあ。」

「ほんとうです。」

ジャガーが、急に立ち止まると、鼻を押さえた。

「おい、植田君、どうしたっ⁉」

「はいっ。先生と以前からお話をしたいと思っていましたので、今日、実際にお会いしてこんなにゆっくりとお話しできて、うれしくて、感激のあまり、私、鼻水が出てしまいましたっ！」

見ると、ジャガーは、ティッシュではなく、いつの間にかポケットから取り出したビニルのチューブのようなものに、自分の鼻水を入れている。不気味に器用だ。

汚いやつだな、と思った。これが、また、あのビーカーから垂れ下がる「コレクション」に加えられるのかと思うと、まるで自分の鼻もむずがゆいような、奇妙な感覚があった。

鼻水もなんとか収まったようなので、再び歩き出した。

ジャガーの夢は、ウォルト・ディズニーのような、アニメーションをつくることなのだという。幼い日に、ミッキーマウスが動き回っているアニメーションを見たのだという。

ジャガーは、その夢に少しでも近づこうとして、浪人中に、ディズニーをテーマにした巨大遊園地でバイトをしたのだという。もっとも、仕事場は、柵の外。

新しくオープンする、お酒も飲めて大人がさらに楽しめるテーマパーク。ジャガーは、ペンキ塗りをしながら、考えたのだという。

「どうしたら、この柵の中に行けるのか。」

ジャガーのやっていたのは、ゼネコンの、下請けのまた下請け。巨大遊園地に関係した仕事とはいえ、キャラクター関係の仕事ができるわけではない。すっかりそう勘違いして、現場に向かったわけではあるが。

ジャガーは、あくまでも、柵にペンキを塗るだけ。その行為自体は、どんな柵でも同じこと。そのような社会の仕組みを悟ってしまったジャガーは、どうしたら、この場所から、ディズニーのコンテンツを創るような場所に行けるのか、真剣に考えた。

その結果、ジャガーなりに出した結論が、やっぱり世間での評価が高く、難関と言われている東京藝術大学に行こう、ということだった。

歯科技工士をしているジャガーの父親は、ジャガーが高校生の時にアメリカ旅行につれていってくれたことがある。その時、ハリウッド郊外の、ビバリーヒルズが見える丘の上で、

「父ちゃん、そのうち絶対、今度はぼくが連れてきてあげるよ。クルーザーとかにも、乗せてあげるよ」とジャガーは言った。

「ははは。もし、それが実現したら、ほんとうの親孝行になるなあ。」

ジャガーは、嬉しそうに笑った。

「ぼくの夢は、アカデミー短編アニメ賞をとって、レッドカーペットの上を歩き、先生を授賞式に招待することです！」

「それは大きな夢だなあ。オレよりもお父さんを連れていけよ。いずれにせよ、まあ、期待しないで、待ってるよ！」


講義は、上野公園の満開の桜がそろそろ散り終わるかという頃に始まった。

指定された「二階の第8教室」は、中央棟を入り、階段を上って、ぐるっと回った廊下の先にあった。

大学院生を対象にした講義だから、履修する人はせいぜい数名だと、事前に藤田さんに聞いていた。「しかし、もぐる人が何人かいるかもしれません。」

そんな具合だから、ある程度はイメージできてはいたのだけれども、実際に第8教室を見た時には、拍子抜けしてしまった。教室のつくりや、印象自体は、小学校や中学校のようである。黒板があり、その前に、机と椅子が並んでいる。机も、椅子も、一つひとつが独立した、自由に動かせるもの。そのあたりが、どうも、慣れ親しんできた大学の教室の様子とは、異なっている。

それだけでも少々面食らったが、さらに意外だったのは、教室の大きさであった。普通の教室を、半分に切ったような、そんな奇妙な形。カマボコを、短く切ってしまったような、そんな印象。

その日、開始時刻のしばらく前に「半切れカマボコ」の教室をのぞくと、だいたい十名ちょっとの学生が、思いおもいの場所に座っていた。藤田さんが言うように、大学院の講義で、登録しているのは数名、それに若干の「もぐり」が加わったのだろう。

「オレの講義、人気あるのかな。だいじょうぶかな。」

心許ない気分で、使う資料を机の上に取り出した。

いちばん最初の数分間というものは、相撲の立ち合いがなかなか決まらず戸惑っているような、そんな気恥ずかしさがある。黒板を背にして、「半切れカマボコ」の中で、息がかかるくらいの近さで彼らに向き合いながら、急に空気が薄くなったようで、胸がドキドキした。

助けを求めるように、先日美術解剖学教室で知り合いになったやつらを探した。ジャガーは、最前列に、顔を赤くてかてかと光らせながら座っている。ハト沼は、相変わらず豆鉄砲を食らった鳩のような表情でいる。助教の津口は、今日も、時代を経た油絵の表面のように落ち着いた、そして暗い顔をしている。

この三人だけは、先日会っているからわかるが、まわりに座っている学生たちは、どんな人物たちなのかわからなかった。不気味だ。しかし、始めないわけには行かない。

まあ、しょうがないか。

意識の中の、様々な質感、クオリアについて話し始めた。脳が意識を生み出す、そして、薔薇の赤さだとか、水の冷たさだとか、そのようなクオリアが満ちるというのは、この世界の最大の驚異である。

そのおどろきと、芸術は、つながっている。つまり、芸術の住まう世界は、現象学的世界である。

そして、現象学的には芸術の本質はこのように考えられる、と、心をふりしぼるように語った。その中で、村上隆《むらかみたかし》さんの作品に触れた。

学生たちに、自己紹介代わりに、こんな「宣言文」を配った。

クオリア原理主義
芸術作品の価値は、それを前にした時に感じるクオリアの質で決まる。
それは言語化できるものではない。
それは記号化できるものではない。
安易にマーケットにのるものでもない。

驚くことに、言葉の芸術である文学でさえ、作品の価値は言語化も記号化もできないクオリア体験の質で決まるのである。

ふりかえって見れば、人生で大切なことは、全て言語化できないことばかりじゃないか。

子供の時に友達とプールに入った時のくすぐったい気持ち。初めてのデートの前のそわそわした時間。他者の心とぶつかった時のずしーんと来る感じ。

なにげない日常に由来し、天上の気配の中に結晶化する。そんなことが作品を前にして感じられた時、それを傑作と呼び、感謝する。生きる歓びがこみ上げる。

すでに流通しているものなど、放っておけ。自らの内なる、最も切実な、甘美な、哀しきクオリアにこそ寄り添え。そして、そのクオリアをポップに昇華せよ。

ここに、クオリア原理主義を宣言する。


学生たちが、どのように受け取ったのかは、わからない。終了後、教壇の周りに何人かの学生の輪ができたことは、確かである。

その中でも、とりわけ熱心だったのは、藤本徹《ふじもととおる》という男だった。細面で、眼鏡をかけた藤本は、批評家を目指しており、東京藝術大学の内外で、オモテ、ウラに限らず、いろいろな活動をしているらしかった。

「先生のお話、面白かったです。ところで、村上隆さんと言えば、博士論文は、〈美術における『意味の無意味の意味』をめぐって〉ですね。ぼく、東京藝大に来て、すぐに図書館に行って、借り出して読みました。」

藤本は、ややっこしい本を大いに好むようだった。「芸術学」という、美術史を研究したり、芸術とは何かという評論をしたりするのが専門だった。

藤本の他に、印象に残ったのは、阿《あ》部《べ》毅《たけし》という男だった。背が高く、藤本と同じように眼鏡をかけていた。テレビの刑事ドラマで言えば、捜査課の部屋の隅で黙々と作業をしていそうな、そんなタイプ。なんだか、胸に秘めているものがありそうだ。密かに「阿部ちゃん」と呼ぶことに決めた。

何だか、他の学生たちと様子が違うような気がした。阿部ちゃんは、早稲田大学を一度卒業してから、東京藝術大学に来たらしい。

「ああ、そうか。だから、阿部くんは、植田くんや、蓮沼くんと違うんだなあ。」

ジャガーが、太陽に照らされたリンゴのようにてかてかと赤く顔を光らせながら反応した。

「確かに、僕たちは、絵さえ描いていればいい、本なんか読まなくていい、とにかく描け、という教育を受けますからねえ。」

東京藝術大学の前身の東京美術学校の頃から、本など読んでいる暇があったら絵筆を持ってキャンバスに向かえ、というような教育方針。難しい本を読むよりは、実技を大切にするという校風なのだと、ジャガーは言う。

「ぼくたちは、あたま空《から》っぽにして、ずっと手を動かしているんですよ。ははは」とジャガー。

「う、植田くんは、と、特に、あたま、空っぽだよね」とハト沼。

「東京藝大は、入試の倍率は凄いけれども、偏差値とは関係がない存在なんだなあ。」

そう感想をもらすと、藤本の眼鏡の奥が、キラリと光った。

「ある美大の学長が、入学式で言ったそうですよ。君たち、ようこそ、偏差値のない世界へ！と。」

芸術は、結局、自分の手を動かして、何が描けるかだ。

「狩野派の画家たちは、一日何千本も、線を引く練習をしていたそうですね。村上隆さんのカイカイキキも、そこを目指していて。」

ジャガーは、芸術のことになると、妙に生真面目《きまじめ》になって、声の調子が、ほんの少しだけ控えめになる。

感激の鼻水をチューブに入れるとか、そういうバカ話をしている時だけ声が大きくなって、肝心の芸術論を語る時には声が「小さく前へならえ」になる。それが、ジャガーという男！

それじゃあ、ダメじゃないか！　課題がたくさん。ジャガーも、われも。この地球も。それで彼らと別れた。第8教室から階段を下り、一人、上野公園を通って帰った。どういうわけか、人なつっこいジャガーも、その日はついてこなかった。大方、ハト沼や、藤本、阿部ちゃんたちと、芸術談義でもしているのだろう。

第二回の講義は、色彩の知覚の話をした。第8教室に至る階段を上っていくと、第一回講義とほぼ同じ顔ぶれがそろっている。

ジャガー、ハト沼、津口、阿部ちゃん、藤本、それに、少し、新しい人間も加わっている。東京藝大の学生は、履修していても、気に入らない講義だと、ふいっと来なくなってしまうと聞いていたので、とりあえず、安堵した。

となりの教室では、油の匂いをぷんぷんさせながら絵を描く作業をしているやつらがいる。さっき、来る時に、その様子を見たからわかっている。だから、何とはなしに、絵画的気分の中で、講義が進んでいくということになる。

黒板の上に、マグネットを使って一枚の紙を貼った。朝、家のプリンターで、印刷してきたものである。ぺたり、ぺたり。四隅を留める。「半切れカマボコ」の第8教室には、プロジェクターのような文明の利器は、存在しない。

紙には、さまざまな異なる色が、一定の空間のパターンで並んだ模様が印刷されている。色の認識のメカニズムを調べるためには、この種の図形をしばしば使う。画家のピエト・モンドリアンに因《ちな》んで、科学者たちは「モンドリアン図形」と呼ぶ。

「これは、ポラロイドカメラの原理を発明したエドウィン・ハーバート・ランドが、人間が色を認識するメカニズムを研究するために用いた装置です。色の恒常性という言葉を知っていますか？　色は、光の波長で決まっているというイメージがあるかもしれません。本当は、周りの波長との比較で決まるのです。だからこそ、昼間の太陽に照らされた時と、夕陽を浴びた時とでは、家の屋根から反射されてくる波長は全く異なる。それなのに、周囲の波長との関係性は保たれるので、同じ色に見える。これを、色の恒常性と言うのです。」

藤本が、冷静な表情の中に、眼鏡の奥をキラリと光らせている。阿部ちゃんが、メモを取りながら聴いている。ハト沼は、曖昧《あいまい》な顔をしている。

「たとえば、このモンドリアン図形のここの部分が黄色く見えるのは、そこから出てくる波長だけで決まるのではない。周囲との文脈の中で、この領域が黄色という関係性を持つからです。つまり、色は、単独の性質ではなく、文脈や関係性から生まれてくるものなのです。」

何人かの学生がウンウン頷いている。その様子を見て、次第に、調子に乗ってきた。

「モンドリアン図形の色に反応する神経細胞は、脳の視覚関係領域の中でも高度な、第4次視覚野、すなわちV4にあるのです。目の網膜《もうまく》から、視床下部《ししようかぶ》を通った情報は、後頭部の第1次視覚野、すなわちV1に入って、V1から、次第に情報処理がなされてきて、V4に至って、初めて、恒常性を満たす色覚、関係性としての色が成立するのです。ですから、この、モンドリアン図形の……」

「ちょっと待ってください！」

いきなり、制するような声がして、ギョッとする。見ると、サッカーの中田英寿に似た細面の男が、教室の後ろの方からさっと手を挙げている。まだ話したことのない学生である。

「ん!?」

「それは、モンドリアンじゃないじゃないですか！」

動揺した。予期できないタイミングでの「乱入」だった。それに、その、細面の男が、語気強く何を言い出したのか、よくわからなかったのである。

「それは、モンドリアンとは、違います。」

「いや、これはモンドリアン図形だよ。専門家の間では、モンドリアンと呼ばれ、論文でも、そう扱われている。」

「そうじゃなくて、それは、モンドリアンじゃないじゃないですか！」

だめだ。モヤモヤする。

「えーと。」

「それは、モンドリアンとは、違います！」

霧が立ちこめたように何も見えなかった暗闇の中に、ようやく薄明かりが差し始めた。

「ひょっとして、君は、この図形が、画家の、ピエト・モンドリアンが描いた絵じゃない、ということを言っているの？」

「中田英寿」の顔が、ぱっと輝いた。

「はい、そうです。モンドリアンじゃ、ないじゃないですか！」

それで、ようやくこの判じ物が解けはじめた。おかしくなった。同時に、実はじんわり感動した。

「うん、確かに、これは、画家のピエト・モンドリアンが描いた絵ではなく、科学者のエドウィン・ハーバート・ランドが、色覚の研究をするために、随意に用意したものである。芸術作品として生み出されたものではない。これは、科学的分析のための、実用品だ。君が言うように、これはモンドリアンの作品ではない。ハナから、芸術ではない。科学上の、実験の道具としてのパターンなんだ。だけど、それはそうとして、色の恒常性の説明を、続けてもいいかな。」

　サッカーの中田英寿に似たその男は、講義が終わった後、やってきた。名取祐一郎《なとりゆういちろう》という名前で、アニメーションを作っているということだった。話してみると、なかなかに面白いやつだった。

　なんだよ〜。さいしょから、そう言えよ〜。

　判ってみれば、春の陽差しに雪が溶けるように、打ち解ける。

　翌日、山手線に乗っていて、突然、吹き出してしまった。周囲の人が訝《いぶか》しがってこちらを見た。名取とのやりとりを思い出していたら、がまんできなくなってしまったのである。

　科学者が、「モンドリアン図形」という時には、「モンドリアン風の」というくらいの意味で使う。原色が、モザイクのように並んでいれば「モンドリアン図形」である。つまりは、一つの抽象化された概念である。またそうでなければ、認知実験の刺激としては、普遍性を持たない。

　ところが、芸術家は、色が実際にどのように並んでいるかという個別性こそを大事にする。ピエト・モンドリアンが描いたような、白と、赤と、黄色が並び、その間に黒い線が引かれているような、あの具体的な配置、バランス、構図から来る印象がなければ、芸術作品としては、全く別ものになってしまう。いや、そもそも作品として成立しなくなる。

人と人は、正面からぶつかり合わないと、わかり合えない。この「モンドリアン事件」をきっかけに、にわかに、藝大生たちに親しみを感じ始めたのである。

ガタンゴトン！　ガタンゴトン！
頬をつけたガラスが、ひんやりと冷たい。
科学と芸術は、違うなあ！　でも、どこか、通じている！
電車に揺られながら、さらに考えた。

世間の注目という「太陽」は、その資源が限られている。
何しろ、何十倍という入試をくぐり抜けて、東京藝術大学に合格した彼らではあるが、その中で、作品を売って食えるアーティストになるのは、ほんの一握り。一説には、十年に一度出れば良い、とも言う。だから、大抵の者は、喝采《かっさい》も浴びず、話題にもされず、ただ黙々と、自分の手だけを信じて、いや、信じるふりをするしか方法がなく、とにかく、キャンバスに向き合い続ける。それでも、成果が出るとは、限らない。下手をすれば、東京藝術大学に合格した時が、人生の頂点だった、ということになりかねない。イヤ、実際、大抵はそうなんだろう。

アートには、木もれ陽《び》の当たる場所がある。そこには、たとえまばらでも、人々の賞賛という太陽光が差し込んでいる。ピーカンの晴天であるとは限らない。賛否両論、うっそうと茂った木々の間から、ほんの少しの光のまなざしが入り込んでくるだけでも、作家にとっては十分であるとも言えるのだ。

「人生の旅のなかばにして、正しい道を見失い、暗い森の中を彷徨《さまよ》った」（ダンテ『神曲』）

暗い森の中を彷徨い歩く若き芸術家の卵たちには、どこに行けば、木もれ陽に会遇するのか、それが分からない。見通しが利《き》かないままに、闇雲に歩き続けるやつらがいる。足の赴くままに、やたらと小走りに行くやつもいる。そうかと思えば、もうここで待つしかないと、うずくまり、膝《ひざ》を抱えて目を閉じるやつもいる。

飲み会をしよう、と思いついたのは、「モンドリアン事件」があったしばらく後、ゴールデンウィーク明けの講義の日だった。

講義が終わったあと、いつものように、ジャガーがきて、ハト沼がいて、阿部ちゃんや藤本もたむろしていて、みんな、なんとはなしにしゃべり足りない、ものたりないと思っていた。このまま解散するのも、心残りな感じであった。そこで、「そうだ、飲もう」と瓢箪《ひょうたん》から駒でひらめいたのだ。

しかし、建物の中で飲むのは、イヤだった。圧倒的に野外が良かった。決まった席に座っていなければならないのも、面白くない。できれば、ぶらりぶらりと風に吹かれながら、気楽に飲みたい。鳩たちのように、気ままに歩き回りたい。四角い箱に、閉じ込められたくないのョ！

そうだ、上野公園がいい！　ジャガーに、幾ばくかのお金を渡して、お酒を買ってきてくれ、と頼んだ。ジャガーは、「へいっ！」と気のいい返事をして、脱兎のごとく視界から消え、どこからか自転車を手に入れてきた。そして、ハト沼と一緒に、再びダッシュして行った。

目をつけた場所は、藝大生たちが親しみを込めて「トビカン」と呼ぶ、東京都美術館の前あたりであった。砂場があり、その横に丸い椅子がある。少し離れたところにはブランコがある。昼間こそ、上野動物園に行く家族連れが通ったり、子供たちがブランコで揺れて遊んでいたりするのであるが、それらの人たちが夕暮れとともにいなくなると、うら寂しい印象になるのであった。

次第に暗くなっていく世界の中に、公園のトイレが、そこだけぽつんと明るく光っている。ルネ・マグリットが描いた、邸宅の夕暮れを思わせる。

何人かの学生たちと、丸い椅子のあたりで待っていると、ジャガーが、自転車に乗り、両側に白いレジ袋を提げて、どこからともなく現れた。その後を、ハト沼が、やはり袋を提げて、今にもチョコチョコ突っかかって転げるような小走りで追いかけてくる。

ジャガーが、丸椅子のところに、ビールやワイン、日本酒を要領良く並べていく。ほい、ほいと、紙コップに注いでいたが、やがて、面倒くさいと、缶ビールを缶ごと持っていくやつもいる。

「おい、足りなくなるかもよ。」

「そうしたら、僕たちが、また、買ってきます！」

ジャガーが、笑ってしまうほど小気味よい調子で言った。

それから、飲み会が始まった。

落ちつつある陽が、最後の光を木々の間から差し込ませている。ピョピョチイチイ。この日最後のさえずりに励む鳥たちがいる。その交響楽に包まれて、しばしの語らいが始まる。

ハト沼は、いつの間にか菜穂子《なおこ》という細身の女の子と一緒に、ブランコで揺れている。菜穂子は、やはり藝大生で、衣装デザインをする人らしい。

阿部ちゃんと藤本が、面倒くさそうな芸術談義をしている。ジャガーはと言えば、相変わらず「鼻水」の話をしている。この前も、ある美術展に行って、感激のあまりどばーっと鼻水が出てしまって、しっかりと、チューブに採取したのだという。ジャガーは、このように、いつもめったやたらと鼻水の話をしているが、どこかおかしいのではないか。

木々の間を抜ける鹿のような静かな歩みで、藤田英治さんも姿を現した。「ここで飲んでいると聞いて」と言って、笑って立っている。さっそく、ジャガーが、「へいっ、へいっ！」と言いながら藤田さんに駆け寄って、「ビールでいいでしょうか」などとご機嫌伺いをしている。

びゅわーん。

突然の風に包まれる。ザワザワサラサラ。何千という葉がさまざまな固有振動数でさざめく。目と目が合う。時の卵が温《あたた》められる。

風が、前触れであったかのように、杉原信幸《すぎはらのぶゆき》が、突然、ふらっとやってきた。杉原は、やはり東京藝術大学の油絵科の学生だが、それまで、見かけたことがなかった。

細面で、眼光が鋭く、どこか修行者を思わせるところがある。それでいて、にやっと笑うと、口元に人間くさい色が表れる。色気というか、肉感的ないやらしさというか。そんな男が、杉原だった。

「あっ、どうも。」

ビールの入った紙コップを見て、目を細めている。その笑顔を見た時、杉原信幸は、「杉ちゃん」になった。

杉ちゃんは、昔、ドイツに半年ほど滞在していたことがあるらしい。そう言われれば、どこか、日の目の洩らない森を思い起こさせる、ほの暗い雰囲気があった。彼の地で、観念的な芸術へのアプローチを学んで来たらしい。

杉ちゃんは、ビールが入った紙コップをブランコの横木に器用に置いてから、自分の作品の写真を納めた「ファイル」を見せた。一枚めくる度に、杉ちゃんの「気合い」の痕跡が押しよせる。それらの作り物は、土や、岩や、空の色に満ちていた。床の上に泥が置かれていたり、平原の中に、石が並べてあったりした。

「ランド・アートというか、サイト・スペシフィックなインスタレーションというか、そんな感じだな。」

何か言わねば、と圧迫されて、そんな感想をつぶやいた。

杉ちゃんには、いろいろと武勇伝があるらしかった。

「一度、杉原、女に惚れてですね。」

杉ちゃんが木々の方に離れた時に、ジャガーが、うれしそうに言った。

「惚れた相手は、看護師で。杉原、とにかくその女が好きで。女のことばかり、考えていて。家の近くの道が、その女の通勤路だったらしく、いつ通るかと、下宿の窓から眺めながら、ずっと待ち構えていたんです。それで、ある日、目の前をいよいよ女が歩いてきたので、杉原、下宿の二階から、ウリャアア！　と、前の道に飛び降りたんですよ。」

「えっ⁉　何のために？」

「杉原には、何のために、というような考えは特になくて、ただ、やっちゃうんですよ。」

「ははは。バカだなあ。」

「それで、その後、杉原、松葉杖コツコツついて大学に現れまして、どうしたの？　って聞いたら、いやあ、下宿の二階から見ていたら、好きな女が通りかかって、たまらなくなって飛び降りちゃったと、涼しい顔をして言うんですよ。」

「それで、その恋は成就したのか？」

「いや、看護師の女、杉原が飛び降りたことに気付かないで、そのまま行ってしまったそうなんです。」

「あれれ。」

「せっかく看護師なのに、怪我の看護もしてもらえなくて。」

「意味ないじゃん！」

「そうなんですよ。全くスルーですからね。武勇伝は、キリがないんです。杉原、基本、怒りっぽくて、小石川植物園で行われた展覧会のインスタレーションでも、仲間たちとどばーっと喧嘩をして、一日で作品を撤収してしまったんです。」

「ううむ。」

杉ちゃんについては、まだまだ、いろいろと胸がざわざわするような噂があるらしかった。だいぶ貧乏な学生生活をしているのだが、その癖、下宿に友達を招いては、ご馳走をするのだという。「うまいものを食わせるから、ちょっと待ってて」と杉ちゃんはさっと消える。そして、庭に行って、そのあたりに生えている雑草をヒョイヒョイと引き抜いてきてしまうのだという。

雑草は、おひたしや、炒め物になって、食卓に並ぶ。客たちは、気まずく顔を見合わせるんだろう。


そんな杉ちゃんは、どこに消えたのだろうと探すと、大きな樫の木の下で、見知らぬ女子学生と言葉を交わしている。

「杉ちゃんと喋《しゃべ》っているのは誰?」

「あれは、亀《かめ》ちゃんですね。」

フルネームは、亀井《かめい》友緒《ともお》という、丸っこくて、大地の底からエネルギーをもらっているような、そんな雰囲気の女の子。

亀ちゃんは、キャンバスの上ではなく、150号サイズの布を切りっぱなしで描くのだそうだ。筆ではなく、絵の具のチューブから直接指につけて、それでなすりつける。そういわれてみれば、亀ちゃんには、鼻のあたまや二の腕、指先、ほっぺたなどの至るところに、色とりどりの点々、ないしはその痕跡があるのが、暗がりでもわかる。

杉ちゃんが今つき合っているのは、看護師の女でも亀ちゃんでもなく、詩を書いている、フシギちゃんなのだという。

「ぼ、ぼくたちの知らない、ち、地平線の向こうに隠れている、す、杉原くんがいますから。」

ハト沼が、妙に詩的な、スルドイことを無理して言った。ドーン！　ジャガーが「似合わないゾ」と、ハト沼を一つどついた。ハト沼、よろける。

その夜は、だいたい十時くらいまで飲んで、それから、三々五々解散した。

最初の飲み会があってしばらくしての講義で、現代美術家のヤノベケンジさんの作品を取り上げた。

黒板の上に、その朝プリントアウトしてきたばかりのヤノベケンジさんの作品写真をマグネットでペタペタと貼った。それから、「これはずっと考えてきたことで、ヤノベケンジさんの作品に改めてインスパイアされたのだけれども」とまず前置きしてから、人間の脳の自己認識について論じ始めた。

「人間にとって、自己と他者というのは、もっとも重要な区分の一つです。そして、その峻《しゅん》別《べつ》を支えているのは、『身体性』である。どんなに抽象的な概念も、私たちの身体なしでは成立しません。このあたりは、哲学者で言えば、フッサールやメルロ＝ポンティが論じている。最近になって、脳科学の世界でも、自己とは何か、ということについて、身体性の見地からアプローチする試みが、だいぶ増えてきました。たとえば、体外離脱体験を起こす領域も、特定されている。〈temporoparietal junction〉という、頭頂葉《とうちようよう》と側頭葉《そくとうよう》の間の領域の活動が乱れると、体外離脱体験が起こります。この領域は、同時に、倫理的な判断を下す時に活動する場所でもある。つまり、身体性と倫理判断は、関連づけられる。ここに、身体性概念の、抽象的飛躍があります。防護服を着てチェルノブイリを訪問したり、ロボットにインスパイアされて『アトムスーツプロジェクト』をやったりといったヤノベケンジさんの作品は、そのような視点から見て、たいへん興味深いのです。そもそも、脳における自己認識のメカニズム、身体感覚というものは……」

そう言いながら、黒板に並んで貼られたヤノベケンジさんの作品を、一つひとつ指さしていった。

その時、突然、背後から声がした。

「なんで、ヤノベケンジなんですか？」

ナンダ？　と思って振り返ると、名前のわからない学生が、ギロッと睨《にら》みつけている。

絵の具がべっとりとついた汚れたつなぎを着て、髪の毛をドレッドヘアにした彼は、とにかく気にくわねえ、という表情をムキ出しにして、ガンをつけている。

咄嗟《とっさ》にむっとして、言い返した。

「いや、だから、さっきから、言っているように、自己と他者の認識における、身体感覚の問題がさっ！」

そう言いかけると、ドレッドヘアの彼は、その言葉を無視して、たたみかけるように言った。前よりも、語気が強くなってすらいた。

「なんで、ヤノベケンジを取り上げるんですか!?　先生は、そもそも、ヤノベケンジの芸術を、どう評価しているのですか？」

ドレッドヘアは譲らない。そこまで聞いて、初めて、ドレッドヘアが、身体性と自己認識という講義の内容そのものにケチをつけているのではなく、ヤノベケンジという作家は、果たして、講義で取り上げる価値があるのか、という前提を問題にしているのだということに気づいた。

「あのさ、君は、ひょっとして、ヤノベケンジを、評価していないのか？」

「いや、ぼくの評価はどうでもよくて、先生は、どういう理由で、この講義でヤノベケンジを取り上げたのか、と聞いているのです。」

「それは、先ほどから言っているように、ヤノベケンジさんの作品は、身体性、という視点から見て、興味深いと考えているわけだ。」

「しかし、そのことと、芸術としての評価は、別問題でしょう。」

「しかし、オレ自身の基準はともかく、世間では、ヤノベケンジは評価されているわけだし。」

「先生は、世間の評価を、そのまま受け入れるんですかっ!?」

「いや、そういうことじゃなくって。今日は、自己と他者という問題を考える上で、ヤノベケンジさんの作品が格好の視点を提供してくれると思ったから、取り上げたんじゃないか。」

「しかし、ヤノベケンジという作家には、先生が講義で取り上げる価値が、そもそもあるのですかっ？」

論争はもはや、収拾がつかなくなった。ドレッドヘアの学生に加えて、阿部ちゃんや、藤本、それに津口も論争に加わって、繰り広げられる芸術論の「バトルロワイアル」。ジャガーはにやにや笑い、ハト沼はきょとんとした目をしている。

わいわいがやがや。やがて、ぼうぼう。そう簡単には後に引かない「論客」たちによって、教室が「火の海」になる。こうなると、レスラーたちが勝手に闘っているのを腕組みして見ている、試合停止の権限のないレフェリーくらいの存在でしかあり得ない。

そんな中、頭をよぎる思い。ヤノベケンジさん、ゴメン！　学生たちが、生意気で、バカで、ゴメン！

普段は仲のいいジャガーとハト沼も、お互いの芸術観を巡って激突し、しばらくムッツリ口をきかないこともあるらしい。

ジャガーの証言によると、きっかけは、イサム・ノグチ。高松に行って実際に作品を見て、大興奮状態となったハト沼が、本や雑誌、ネットでしかイサム・ノグチを見たことがなかったジャガーと、熱い論争を繰り広げたのである。

その日、ハト沼は、美術解剖学教室に入ってくるなり、「イ、イサム・ノグチは、ほ、本当に凄い！」と、ジャガーに挑戦するように強い調子で言った。ジャガーが、その口調にむっとして、「どこが凄いんだよ」と聞くと、ハト沼は、「げ、芸術の、ひ、必然があるじゃないか！」と捨て台詞《ぜりふ》を吐いたのだった。

「芸術の必然って何だよ！」とさらにカチンときたジャガーが迫ると、ハト沼は、首を前後に小刻みに動かしながら、「う、植田くんには、わ、わからないんだよ」と切り捨てたのだという。

「イサム・ノグチの話をしていたんだろ。ぼくは、関係ないじゃないか。一体、どういうことだよ！」とジャガーが追及すると、ハト沼は、「う、植田くんは、と、東京藝大に入るのに四浪もしちゃったし、け、結局芸術のことをわかっていないんだ」と言ったのだという。

ジャガーは深いショックを受けた。浪人の回数で差別されるのは、一番屈辱的なことだった。

毎年何十倍という難関となる東京藝術大学油絵科では、一浪二浪は当たり前と見なされているのだという。二浪までは、なんとなく「もともと絵が上手いから入った人」というイメージ。三浪以降はしがみついて予備校で粘った人か、一度受験から離れたか、もしくは他大学に進学したものの受験し直した人、というイメージなのだという。

またある日は、突然、ハト沼が「ぼ、ぼくは芸術家であるということがどういうことか、わかった」と言い切ったこともあるという。それに対して、ジャガーが、「それはどういうことだよ」と説明を求めると、ハト沼は、「う、植田くんには、わからないんだ」と言い返して、喧嘩になった。

ハト沼は、またある時は、三島由紀夫の『金閣寺』について、「こ、この作品は、ぼ、ぼくの気持ちをそのまま代弁してくれている」と言い放ったという。

ハト沼には、発作的に、芸術家としてのプライドみたいなものに目覚めてしまうことがあるようだった。その度に、「イサム・ノグチ」とか、「三島由紀夫」とか、そのような「必殺技」を持ち出し、近くにいるジャガーを体《てい》の良い「サンドバッグ」として、言葉のジャブ攻撃を加えるのである。

講義の後の、東京都美術館《トビカン》前の飲み会は、毎回の恒例となり、次第に参加者が増えていった。

講義が終わると、ジャガーとハト沼に、「おい、買ってきてくれ」といくらかのお金を手渡す。すると、ジャガーが、「へいっ！」と気分良く請け合って、どこからか自転車を持って来て、さーっと風のように去っていく。

参加者は、東京藝大のキャンパスから、三々五々歩いていく。ジャガーとハト沼がどこまで酒を買いにでかけているか知らないが、そんなにすぐには戻ってこないとわかっているから、わざとぶらぶら、ふらふら、所在無さげにゆっくりと進む。途中で、旧東京音楽学校奏楽堂の前を通る。噴水広場では、カップルがそれぞれのベンチに陣取っている。気功のような運動をしている集団がいる。ホームレスの人たちのブルーシートが並んでいるエリアに来ると、目的地はもうだいぶ近い。

やがて、トビカンの前の広場が見えてくる。ブランコや、丸椅子や、砂場が、オイデオイデ！と誘っているようだ。東京都美術館も、上野動物園も、もう閉まっている時間。人通りはほとんどない。

たいてい真っ先に着いて、丸椅子のあたりにぼんやりと立ち、みんなを待っている。すると、それを見つけて、学生たちが集まってくる。

芸術論が闘わされる。あちらこちらで言い争いが起こる。

ピカソだ！ いや、モジリアーニの女だ！ それよりも、セザンヌの林檎！ 君は、ダミアン・ハーストのぶった切った牛を、どう評価するのかっ!?

なにい！ それはなあ！ お前こそ！ まあまあ、それくらいで！

今日もまた、何の変哲もない、しかし芸術と喧嘩だけは華と咲く、東京藝大の講義の後の、トビカン前の飲み会！

美術を肴に、酒をくらう！

「人生、基本、不穏」とでもいうような藝大生たちを組み伏せて、彼らに感銘を与える講義をするのは、全くもって並大抵のことではない。

その点、三木成夫さんは、伝説的な、藝大の先生だ。

「うんちを握れ！」と叫ぶなど、とてもユニークだったと今日に伝えられる三木成夫さんの講義。

そして、藝大生の不穏な個性の持つ勢いと言えば、本当に、うんちを握りかねないほどなのだ。

結局、どんな世界においても、問われているのは、常に、人間性そのものである！

うんちを握ることでしかわからない、人間性の水脈がある！

そうだ、人生は、うんちだ！　芸術は、うんちだ！

こうなったら、もう、文字通り、ヤケクソだ！

いつも赤い顔をてらてらさせて、へらへらしているジャガー。

口を開くと、「また鼻水出しました～」と、訳のわからないことを呟《つぶや》き、ビーカーに下がったチューブをぶらぶら見せるジャガー。

講義が終わると、紙幣を受け取り、「へいっ、へいっ、へいっ」と調子のいい合いの手を入れながら、酒を買いに自転車で走るジャガー。

時折、ハト沼の芸術論パンチの「サンドバッグ」になっているジャガー。

そんなジャガーが、ナマイキにも恋をしているらしい、と気づいたのは、ヤノベケンジ事件があった、少し後のことであった。

講義が終わったあとの第8教室の近くで、ジャガーが、一人のほっそりとした女子学生と話しているのが目に入った。いつもと違って、ジャガーがやけにやさしい目をしている。

その女の子が、ユウナちゃんだった。

なぜ、「ユウナ」という名前だとわかったかと言うと、ジャガーが、その女の子の目を見ながら、しきりに「ユウナちゃんさあ」「それで、ユウナちゃんさあ」と連発していたからだ。

ユウナちゃんは、赤ら顔てかてか、てんとう虫体型のジャガーには全く似合わない、清楚な美人であった。

ジャガーに直接聞くと恥ずかしがって、おそらくまともに答えないだろうと思って、ハト沼にユウナちゃんについて探りを入れてみた。

「おい、蓮沼さあ、ジャガーは、あの女の子のこと好きなのかなあ。」

「そ、それはそうだと思います。見ていれば、わかるでしょう。」

「だけどさ、脈はあるのかなあ。」

「ぼ、ぼ、ぼくはムリだと思います。植田くんは四浪だけど、ユウナちゃんはストレートで合格だし。見かけも、さ、最初から釣り合わないし。」

確かに、ユウナちゃんは、何もジャガーなんかとつき合わなくても、他にもっといい相手がいるだろう、とは思われた。

東京藝術大学の男子学生の中には、いかにも芸術家、という雰囲気のやつらがいて、黙っていても、男前がキリッと三〇パーセントくらい増している。なんだか、とってもズルイのである。

ジャガーは顔が赤くて、てかてかしているし、藝大も四浪してようやく入ったし、だらだらと鼻水ばかり流しているし、しかもそれをチューブに入れてビーカーにブランブランしているし、清潔感からほど遠いし、芸術のもたらす「勘違い」の作用の恩恵を、そもそも受けにくい外見だったのである。

一方で、ジャガーには一度思い詰めたらひたむきなところがある。それに、妙に警戒心を抱かせないというか、うまく、心の隙間にするすると入り込んでいく、そんな特技があった。だから、つい、ジャガーにいろいろものを頼んでしまうし、「へいっ、へいっ、へいっ！」と言いながらかけて行くジャガーに、好意を持ち、かわいがってしまう。

ハト沼の胸の中には、ジャガーはユウナちゃんにも調子よく迫っていって、うまく、するっと心の隙間に入りこんでしまうのではないかという一抹の懸念があった。実際、ユウナちゃんはジャガーのおしゃべりにそれほど嫌な顔もせずつき合っているようだった。

まさに、恐るべきは、「人生日々是前傾姿勢」のジャガー。おそらくはムリだろうな、と思いつつも、ジャガーの恋の行方が、気になってしまうのである。

東京藝術大学大学美術館の横にある大浦《おおうら》食堂は、講義前の、ちょうど良い憩いの場になっていた。大きな円弧を描いた外周に、テラス席があって、上にはガラスの天井があるので、雨の日でも大丈夫である。このテラス席に座っていると、前を行く人たちの姿が、よく見える。部外から「もぐり」で講義に来ている人たちも通るので、お茶を飲んだりしていると、「あっ、どうも！」という感じで、次々と人が集まってきて、一種の「サロン」と化す。

大浦食堂には、主のようなおじさんがいて、学生たちには、「大浦おじさん」と呼ばれていた。大浦おじさんは、謎の情報収集能力を持っていて、いつの間にか、学生の名前を覚えてしまう。本人に聞いたり、「初めまして」という会話を交わしたりすることなく、突然、「あっ、植田くんさあ」などと、いきなり名前で話しかけてくる。

ある日、講義が始まる前に、大浦食堂の前のテラス席で、ジャガーやハト沼、杉ちゃん、藤本と話していた。

「ジャガー、お前、どうやってユウナちゃん口説こうとしているんだ？」

「へいっ。とりあえず、ぼくとつき合ってください、と頼もうと思います。」

「う、植田くん、そ、そんな普通の手が、通じると思っているの？」

ハト沼の口調は、あくまでも厳しい。

「そもそも、う、植田くんの芸術観は、ユウナちゃんとは違うし。」

「うるさいな。そんなに違わないよ。」

「ち、違うと思うよ。う、植田くんは、四浪だけど、ユ、ユウナちゃんは、現役だし。」

ハト沼は、あくまでも、ジャガーの急所をしつこくついてくる。


トビカン前の飲み会は、人数が際限なく増えてきてしまって、講義には出ないけれども、飲み会には来る、というような人も多かった。飲んでいると、あちらこちらから、まるで夕暮れになってねぐらに帰るシラサギたちのように、ブランコと、砂場と、丸椅子の飲みエリアに入ってくる人たちがいる。

時々、周囲のブルーシートで眠っていて目覚めたのか、ホームレスのおじさんが、ふらふらと寄ってきて、「兄ちゃんたち、お酒飲んだあと、缶とか瓶とかちょうだいね」と言いに来ることもあった。


ひとときの静寂に、夜の闇を測る。ブランコを揺らしながら、前に立っているハト沼に聞く。

「あのさ、ジャガーは、相変わらず前のめりだけど、おそらくダメだろうなあ。」

「ぼ、ぼくは、植田くんの芸術観を、そ、そもそも認めていませんから。」

ハト沼は、東京藝大の油絵科に四浪してようやく入ったような芸術観の拙《つたな》い男に、ユウナちゃんのようなキレイな女が惚れるわけがないだろうという見解を、あくまでも堅持する。

「まあ、しかし、男女の仲だけは、何があるか、わからないからなあ。」

「ぼ、ぼくは、とりあえず、に、日本酒を飲みます。」

お酒の選択についてだけは、ハト沼は、決然としている。他のことについては、フラフラ、ポッポ、そうではない。


さまざまなアーティストが、講義のゲストに来るようになった。

まずは、束芋《たばいも》さん。束芋さんは、独特の、不気味で美しいアニメーションの表現で一躍時代の寵児となった人である。

代表作の『にっぽんの台所』では、ふとった主婦が、台所で料理をしている。「ふえるわかめ」が、一体どこまでふえるのか、といったユーモラスなテーマ。日常の光景の中に、シュールなイメージが交錯する。さらに、『にっぽんの横断歩道』や、『にっぽんの通勤快速』

といった作品を通して、東芋さんは、サラリーマンや学生などをモティーフに、日本で日常的に見られる光景を美しくも妖しく異化し、世界的な注目を集めた。

東芋という一風変わったアーティスト名は、本来の姓である田端《たばた》家には三姉妹がいたため、「たばあね」（田端家の姉）、「たばいも」（田端家の妹）、「たばいもいも」（田端家の妹の妹）と呼び分けていたことが起源なのだという。

「次回は東芋さんが来るぞ！」とアナウンスすると、「お〜」と学生たちがどよめき、期せずして拍手が起こった。ドレッドヘアの学生も、ニコニコ笑っている。どうやら、「ヤノベケンジ事件」のようなことにはなりそうもなかった。現金なやつだな、と思った。ヤノベケンジはダメだけど、東芋なら、いいのかよ！

講義当日、東芋さんと、大浦食堂で待ち合わせた。

大浦食堂のライスカレーはうまい！　飾り気のない、素朴な味。ガシガシ食べられる。同じものでも、食べる場所によって味わいが違うというが、テラス席で食べると、ますますおいしい。緑を心の中に取り入れ、風に吹かれてライスカレーを食べているその時間の、至福！

ライスカレーを食べ終わった頃に、東芋さんが来た。その笑顔は格別。心からこぼれるような笑み。ジャガーとハト沼が、いそいそと東芋さんを迎える。ハト沼が、緊張したように、「あっ、ど、どうも。ぼ、ぼく、は、蓮沼といいます」と自己紹介する。ジャガーに、「コーヒー四つ」と頼むと、ジャガーは、「へいっ、へいっ、へいっ、へいっ！」と調子よく、大浦食堂の中に入っていく。

やがて、トレーを持ってジャガーが戻ってくる。口のあたりが、妙にゆるんでいる。大浦おじさんとひとことふたこと、言葉を交わしたのだろう。コーヒーを飲んだあとしばらくして、こちらですと誘って、美術学部中央棟に入っていった。

第8教室の、「半切れカマボコ」の空間に東芋さんが立つ。いつもよりさらに増えた（ほとんどが「もぐり」であろう）学生たちに、「東芋さんです」と紹介する。オーッ！　と空気がふるえた。分子が、ほとんどアニメーションになるのである。

時代の寵児は、どんな「芸術論」を語るのであろうか。学生たちの期待は高まる。とりわけ、ジャガーは、ナマイキにもディズニーのような作品が将来の野望だなどと言っているのだから、アニメーションで世界的に知られるようになった東芋さんの話は、興味津々のはずだった。

「みなさんは、就職活動をしたことがありますか？」

東芋さんの第一声は、意外なものであった。

えっ、という戸惑いが、教室の中に広がっていく。まさに、肩すかしである。

就職活動というものは、東京藝術大学の学生たちにとって、もっともリアリティがないこと、遠いことだった。

そもそも、東京藝大の、油絵科や日本画科といった学科は、入試の倍率は大変に高く、合格した時点で、学生たちはいわば人生の一つの「頂点」を経験するのであるが、卒業後に実生活に着地するにあたって、大変な苦労をする。

実際、インターネットの匿名掲示板には、「東京藝術大学の卒業生の就職状況ｗｗｗｗ」「藝大就職、草生える」といったスレッドが立ち、「油絵科。卒業者60人、就職0人、進学22人、未定・他38人」といった「驚愕」のデータが議論の対象になり、「就職率を見れば、Ｆランクの大学のほうが高い。偏差値40とかの大学でも、就職率100％とかあるし」「油絵科は、倍率が日本最高の難関なのに、このニート率は腹筋崩壊!!!」などと揶揄《やゆ》する書き込みが行われているのであった。

ヒドイ。ヒドイが、真実でもある。

芸術の道は厳しい。アーティストとして生きていくのは辛い。東芋さんのように、自分の名前で作品が売れる、それで生活できる、そんなアーティストになれるのは、難関、東京藝大の卒業生といっても、せいぜい十年に一人くらいというのが定説だ。

いや、そもそも、東京藝大の入試に合格することが、アーティストとして大成することにプラスになるのかどうかも不明である。東芋さんは、京都造形芸術大学に落ち、浪人しても一般入試では不合格になり、補欠で入学したという。しかし、今や、世界に輝くアート界の「超新星」になっている。

東京藝大の入試、つまり、デッサンや油絵といった実技の巧みさで受験生を選別するシステムは、結果として、アーティストとしてのすぐれた資質を見分ける機能を果たしていないのかもしれない。海外のアートスクールでは、東京藝大のような実技の試験ではなく、それまでにつくった作品のファイルだけで、選考をするところもあると聞く。英国の名門、ロイヤル・カレッジ・オブ・アートも、そのような選考システムだという。こうした入試の方が、個性や創造性、表現への意欲といった資質を見やすいのだろう。

難関の東京藝術大学に見事合格した彼ら。「偏差値」や、「新卒一括採用」といった、日本の抑圧的なシステムとは無縁の、自由な芸術の楽園に逃げ込んだ、と思っている。しかし、実際には、日本の厳しい現実は、珊瑚礁の中で悠々と泳ぐ色とりどりの魚たる彼らの耳にも、外洋の荒々しい波の音のように、ズドーン、ズドーンと届いている。世間の圧力は、遅かれ早かれ「就職活動」という荒波となって、芸術の楽園の中に流れ込んでくるのだ！

東芋さんの第一声、「みなさんは、就職活動をしたことがありますか？」は、忘れようとしていた日本社会の「現実」というものを、一気に学生たちの心の中に呼び覚ました。人生のいちばんの「ブラインドスポット」を指摘されたような気持ち。相撲の立ち合いにおける「猫だまし」のような、やさしい、しかし身体《からだ》の芯が痺れる必殺の一発。

ギャフン！

東芋さんは、さらにたたみかける。

「就職活動を経験するということが、どのようなことか、わかっていますか？」

東芋さんは、そのまま、九十分の講義時間のほとんどすべてを、就職活動のことに費やした。しんと静まりかえった学生たちの胸に、アーティストの言葉がしみこんでいく。

最初はがくっと来て、やがてどんよりして、そのうちに、底の方から、甘い味がじんわりとにじみ出てくるのである。

最後に、東芋さんは、自身の高校時代を振り返った。「当時、私はアトピーで苦しんでいて、周囲の人たち皆を憎んでいました。いつか、復讐してやろうと、そんなことばかり考えていました。」

静かな毒を秘めた作品を生み出す人は、凜として、美しい人であった。芸術とは、毒出し《デトックス》なのだろう。

結局、東芋さんは、芸術とは何かといったような話題は、一切口にしなかった。

東芋さんの講義が終わるとすぐに、ジャガーに紙幣を渡して、「ビールとか酎ハイとかポテトチップスとか」と頼んだ。ジャガーは、「へいっ！」と言って、自転車に乗って、どこかに走っていった。ハト沼が、ぽっぽ、ぽっぽとあとを追った。

トビカン前の広場に至る、森の中の道をゆっくりと歩く。東芋さんの周りに、熱心な学生たちの輪が出来ている。

東芋さんが、砂場の横の丸椅子に座る。砂場に座って、見上げる学生がいる。砂の一粒ひとつぶが、芸術の異化作用で、祝福される。

「東芋さん、すばらしい講義をありがとう！　乾杯!!」

スッポンだって、月と出会わなければ物語は始まらない。スッポンも、毒出しすればやがてまん丸に輝き出すやもしれぬ。嗚呼、月とスッポン！

それから初めての満月を迎える頃、ジャガー、それにハト沼と、JR上野駅公園口で待ち合わせて、東京藝術大学へと向かった。

キャンパスに至るには、いくつかのルートがあり、そのうちの一つは、東京都美術館《トビカン》の裏を通っていく。

左手には、上野動物園の入り口がある。右手には、トビカンの入り口がある。その間の道を歩いていくと、次第に奥まった雰囲気が濃くなっていく。

奥山に紅葉踏み分け鳴く鹿の……。

猿丸大夫《さるまるだゆう》の歌のように、迫ってくるものがあるのだ。

ぶらぶらと歩きながら、東芋さんの講義を振り返っていた。

「ジャガー、お前、アニメをつくるのが夢なんだろう。東芋さん、どうだったんだよ！」

「へいっ、やはり、あの、モティーフの奇抜さと、絵の精度がですね。」

「やっぱり、東芋さんの講義、刺激になったかっ!?」

「へいっ！」

ハト沼が、ふっと忘れかけたようなタイミングで、ジャガーに襲いかかる。

「う、植田くんには、た、東芋さんのようなアニメは、ムリだと思うよ。技術的にも、さ、才能的にも。」

ジャガーの顔が、瞬間湯沸かし器的に、真っ赤になった。

「東芋さんだって、毒出しして創造しているんだって、先生がおっしゃっているじゃないかっ！」

「う、植田くんの中に、そ、そもそも、た、東芋さんのような、毒があるかな。」

「なんだって!?」

「どうどうどう。まあ、それくらいにしてっ！」

一応は、口をつぐんだものの、ジャガーも、ハト沼も、今日は、硫黄を噴き出す噴火口のように、プスプスとしている。

グルッと曲がると、まっすぐな長い裏道が現れる。左手には、フェンスの向こうに上野動物園が広がっている。昼間の時間帯には、家族連れが、そぞろ歩きしている。タカやワシなどの、猛禽《もうきん》類を飼育している巨大なケージがある。

「君たちも、上野動物園に、来ることあるの？」

「へいっ！　夜の猛獣たちの叫び声を聞くのが趣味だ、という先輩がいまして、午前二時とかに、よく塀の外を徘徊しておりましたっ！」とジャガー。

「そうか、それは、ずいぶん普通とは違うアプローチだなあ。」

「う、植田くんの場合は、ジャガーというあだ名なんだから、じ、自分の内側から叫ぶ声を聞く、というのが、ほ、本当は必要なんじゃないの？」

「おっ、ハト沼にしては、正論を吐いているな！」

「ハッスン、うるさいよ！」

右手にあるのは、トビカンの裏側である。トビカンは、さまざまな展覧会が開催される美術館であり、東京藝大の学生たちの、卒業制作展の展示が行われる会場でもある。

「う、植田くんは、そ、卒業制作は、と、当然、アニメで勝負するんだよね。」

「あったりまえだよ！」

ハト沼の突っ込みに対して、言うまでもないことを聞くな、という感じで、ジャガーがイキがる。

そうか、ジャガー、今のひと言だけはよく覚えておくぞ！

まっすぐな長い裏道がそろそろ終わるところに、トビカンの搬入口があり、その手前に、一つの掲示板があった。

時折、名簿が張り出されていた。一枚の長く白い紙に、フルネームの人名が、簡潔な字体で、印刷されている。さまざまな団体がやっている「公募展」に入選した人たちのリストであった。

ジャガーが、リストをちらっと見て、それから目を伏せた。ハト沼は、首を前後にゆらしながら、さっとそのリストに近づき、ちらっと見て、またその先に行く。

関心があるのか、無いのか、良くわからない。

「ジャガーは、公募展とかは、どう思っているの？」

「いや、その、藝大の学長先生は、だいたい、公募展の偉い人ですし……」

「ハト沼は、どう考えているの？」

「いえ、その、ひ、平山郁夫《ひらやまいくお》先生は、ほ、ほんとうに良い人ですし。」

なんだか、二人の言葉が、ぼんやりとして、要領を得ない。

裏道を抜けて、東京藝術大学への「ホームストレッチ」に入ると、心なしか、ジャガーもハト沼も、足取りが軽くなったように感じられた。

ハト沼が、タッタカ、タッタカ、歩き出した。

「おい、ジャガー、やっぱり、お前、卒業制作は、ハト沼が言うように、アニメで勝負するのか！」

「へいっ！」

「う、植田くん、こ、国際的なアニメのコンペに出すって、入学した頃から、言っているよね。」

「うるさいなあ。ハッスンにだけは、言われたくないよ！　自分で勝手にやるよ‼」

人間、宣言することは簡単だが、実際にそれをやることは難しい！

月が欠け、やがて消え、そして再び満ちる頃、そろそろ、暑い日が多くなってきた。ジャガーを誘い、大学時代からの親友の「でぶの哲学者」、塩谷賢《しおたにけん》と三人で、浅草の「駒形《こまがた》どぜう」に出かける。

どじょうはうまい。とりわけ、割り下でどじょうを煮る「丸鍋」は美味である。どじょうの上にパラパラと刻みネギをかけ、七味や山椒をたっぷりかけて食べる。

塩谷は、数学の大学院の修士まで出て、厚生省に入省。そこで出会ったミサエさんと結婚して、めでたく「寿退職」。科学史科学哲学の大学院に入り直した。修士、博士と「表裏」、とにかくいられるだけ計九年間在籍して満期退学。そのあとは、ずっと奥さんに食べさせてもらいながら、フリーの哲学者をしている。

塩谷は、「偉大なる暗闇」。とにかく、論文を書く気はさらさらない、大学に就職する計画もない、有名になるとか、本にまとめるとか、そういった野望もない。自分の好きな、「時間」の哲学を勝手にやっている。「トトロ」のようなお腹をゆったりでっぷりと抱えながら、マイペースで世間を歩いている。才能がある人は必ず世に知られるという命題は嘘っぱちだということが、塩谷を見ているとわかる。

「まあ、ぼくの場合は、生きる、ということ自体が目的だから。よく、人生そのものが作品だという人がいるけど、そういうのともちょっと違うな。ただ、生きているだけでいいんだよ。生きている、ということ以上の奇跡はないから。どんな陳腐に見える人生でもね。」

塩谷は、そんなことを、しばしば口にする。

塩谷には、ものごとの表側よりも、裏側の広がりを見つめている、そんなところがあった。才能があるのだから、論文を書いて、どこかの大学の哲学講座に職を得たら、と勧めても、本人には、そんな気はないようだった。

「ぼくは、空に輝く星よりも、その星々の背後にある暗闇になりたい。」

ある時、塩谷はそう言った。

外見は似ていないが、中身はオスカー・ワイルドではないかと思うくらい、心に響く「名言」。本人は、星になるつもりはないらしい。しかし、世間が見るのは、暗闇ではなく、星の方なのだ。

有名になる気は毛頭ないが、食べることには、貪欲で、一家言を持つ塩谷。

「どじょうじゃなく、ネギの方を食べるんだ。」と塩谷は言う。煮たどじょうの上に刻みネギを大量にふりかける。煮汁をくぐった、シャキシャキとかみ応えのある青物だけが持つ快感。ビールは重なる。話が進む。

ジャガーは、たくさんビールを飲んで、何回もネギをお代わりして、すっかりできあがっていた。てかてかの赤ら顔は、哲学という太陽をたっぷり浴びてよく熟れたトマト。

「ぼくたちは、公募展よりも、むしろ、いろいろなコンペに出して行こうと思っているわけで。」

ジャガーは、そんなことを塩谷に言った。

「コンペというのは、簡単に通るのかい？」と塩谷は聞いた。

「難しいですねえ。やっぱり、グランプリとかを取るのは、かなりの才能と、それだけじゃなくて運がないと難しいですから。」

「そうすると、それなりの入選数が保証されている公募展の方が、大多数のアーティストに対しては、むしろ親切なんじゃないかい。」

「そうかもしれませんねえ。」

「植田くん、君だって、わざわざ四浪して、東京藝大に入ったんだろう。」

「そうですねえ。」

ジャガーは、黙って、どじょうの上にさらっとネギをふりかけている。まだ食べるつもりらしい。

「そもそも、東京藝大に入るということ自体が、公募展に入選したようなものじゃないのかい。」

まあ、露骨に言ってしまえば、塩谷の言うとおりなのかもしれない。ジャガーもすっかり黙って「拝聴」している。

「そもそも、いいものがわかるということと、そのいいものが実際に自分の手で生み出せる、ということは違うからなあ。」

塩谷も、ジャガーも、さらに酔っ払い、「好きな画家」の話になった。

ジャガーは、アメリカの画家、フィリップ・ガストンが好きなのだという。

「ガストンの絵とぼくの絵、ちょっと、似たところがあると思いませんか？」

ずうずうしいぜ、おい！ Do you see the boy!?

「そうそう。ガストンが、こんなことを言っているよ。絵を描こうとアトリエに入った時には、一緒に、たくさんの人がついてくる。そいつらはなかなかうるさくて、その中には歴史上のありとあらゆる画家、同時代の作家、そして美術の批評家などが混ざっている。ところが、絵を描くことに集中していると、そいつらは、一人、またひとりと部屋を去っていってしまう。うまく行った日には、彼らはみんな部屋を去ってしまって、アトリエには自分だけが残る。そして、ものすごく幸運な日には、自分さえも、アトリエを去ってしまう、と、こう言うんだ。」

「それは、なかなかうまいことを言うね。ところで、君はどんな絵を描いているんだ？」

塩谷が、ネギにぐいっと手を伸ばしながら、ジャガーに聞いた。ジャガーは、手元にあった、作品の画像を集めた「ファイル」を、塩谷に見せた。

塩谷は、それをぱらぱらとめくると、「うーん」と唸って、天井を仰ぎ見た。

「植田くんはまだ、実存が描けていないなあ。」

「実存……が、ですか。」

「そう。実存が、描けていない。あのさ、感じないかなあ。この世界が、薄皮一つぺりっとはがすと、向こうに全然違うものがある、ということ。絵は、それを描かなくては。」

「薄皮一つ、ぺりっ、ですか？」

「そう。植田くんは、まだ、その、薄皮の向こうが、描けていないよ。」

ジャガーは赤い顔のまま、すっかり考え込んでしまっている。

外に出ると、なんだかむっとするような、暑い夜である。

「しばらく歩いていこうか。」

上野に向かって歩き出す。そのまま、てくてく、湯島のエストまで行ってしまうつもりだ。

「BRUTUS《ブルータス》」の副編集長を長らくつとめ、数々のアート特集に関わってきたのが、鈴木《すずき》芳雄《よしお》さん。

鈴木芳雄さんのニックネームは、「フクヘン」である。「フクヘン」という名のブログも書いている。

フクヘンは、国内外のアートに詳しく、古典美術から現代アートまで、幅広い知識と経験があった。肩まで届く長髪の人であった。

ある週末、その「フクヘン」と旅に出た。目指すのは、香川県の直島《なおしま》。ベネッセの福武總《ふくたけそう》一郎《いちろう》さんが創り上げた、すべての美大生の心の中でピカピカと輝くアートの殿堂がある。

高松に着き、うどんを食べた。普通の民家のようなところで、客が、思い思いに裏の庭に出て、ネギをとってきたりするシステムになっていた。それから、港に行った。近くには、背の高いホテルと、お堀の中をタイが泳ぐという城址《じょうし》公園があった。お殿様の趣味だったらしい。フェリーターミナルには、どこか様子のいい老若男女が集っていた。

船に乗り、潮風を受ける。船着き場には、ベネッセハウスのスタッフが迎えに来てくれていた。

「この港には、面白い話があってね。」

フクヘンが、少し声を落として言った。

「この島は、公共交通機関が乏しいでしょう。だから、船が着いても、なかなか思うように島を回れない。それで、引退した漁師たちが、ターミナルで待ち構えていて、美大生の女の子に、乗せて行こうかと声をかける。そうやって、七〇代と二〇代のカップルが、何組か誕生しているそうですよ。」

魚を釣っていた漁師に、今度は女の子がサッと釣られてしまう。海で鍛えた漁師たちは、実際に魅力的な人が多いのだろう。

やがて、草間彌生《くさまやよい》さんの、巨大な水玉カボチャが海辺沿いに見えてきた。美術館とホテルが併設された、「ベネッセハウス」の一つのシンボルになっている。

「一度、台風であれが沖に流されてしまいましてね。その時は回収するのが、大変でした。」

とスタッフの方。

アートの島を運営して行く上では、さまざまなご苦労があるのだろう。

フクヘンと、「家プロジェクト」を見た。直島にある民家のうち、人が住まなくなったものをいくつか改装し、恒久的に作品を展示するアートギャラリーとしている。

「きんざ」という民家に設置された、内藤礼《ないとうれい》さんの『このことを』というインスタレーションの作品。予約制で、十五分ずつ、家の中でたった一人になって、その孤独の中でアートと向き合う。たたずんで時を刻む。ひんやりと、世界の底が苔むしたような懐かしさ。家の中のむき出しの土間の真ん中に、丸い白い円形の磁器。最初は、それだけの空間構成という印象を抱く。

ところが、ある瞬間、はっと気付くのだ。

土の上に密やかに照り輝く小玉が置かれている。

針金が曲げられて木に接がれている。

細い糸が張られて、空をわたっている。

「きんざ」の空間のそこかしこに、たくらみが満ちている。

一つひとつの小さきものが、内側から、照り輝いている。

存在が織りなす網がある。

内藤礼さんが仕掛けた、やさしい「罠」。

その波紋が、やさしい衝撃となって、世界の中に広がっていく。

安藤忠雄《あんどうただお》さんの設計による、「地中美術館」。景観を破壊しないように、緑の丘の中に、建物全体を埋めてしまうという斬新な思想。古代エジプトの遺跡のようなひんやりとした地下の殿堂へと、次第に降下していく。

ウォルター・デ・マリアのインスタレーション。球体と、金色の円柱が立ち並ぶその空間には、作家の精神が時を超えた理念の印画紙の上に「動態保存」されている。理想化された美の形質の博物館。プラトンのいう、「イデア」の世界。

ジェームズ・タレルの『オープン・スカイ』。天井に開いた穴から、見上げる作品。普段見慣れている空も、額縁のような四角のスペースで切り取られると、一つの変化する「絵画」となる。日没に際しては、光の時々刻々の移り変わりで、無限のバリエーションをもったイリュージョンが生み出され、にじみ出し、固有の意志を持つかのように動き回る。ひとつの生命体が、自分の意識の中に生まれるのだ。

最後の部屋は、クロード・モネの『睡蓮』。モネの自然界の見方が、当時の人間の認識の枠組みにおける「革命」であったのと同じように、美術は、今もまた、私たちの世界の見方を変えつつある。

美術とは、つまり、現実に対するものの見方が、がらりと更新されることである！　直島には、そんな発見が満ちている！

東京に帰って、講義で、直島の話をした。

諸君、現代美術とは、即ち革命である！

ドレッドヘアが、鼻をぴくっと動かした。ジャガーが、顔をいつもよりもさらに赤く上気させ、てかてかさせている。ハト沼が、あいまいな顔のまま、首を前後に動かしてあわわわわと明らかに興奮している。

学生たちは、ぜひとも、福武總一郎さんをゲストに呼んでくれと熱望した。

ほだされて、わかった、と請け合ったものの、はて、どうしたものかと考えてしまった。取材でお目にかかったことはあるものの、忙しい方だから、来てくださるかどうかわからない。

「やっぱり、みんな、福武總一郎さんに会いたいんだなあ。」

そうつぶやくと、藤本と、阿部ちゃんが、ほとんど同時に、まるで男性コーラスのように言った。

「だって、福武さんに作品買ってもらいたいし！」

「直島に作品を収蔵してもらうのは、藝大生の夢ですから！」

「なんだよ、知的好奇心じゃなくて、私利私欲かっ！」

あきれて言うと、ジャガーが大きく手を振る。

「いえいえ、福武さんがどんなお話をされるか、それがみんな聞きたいんですよ。」

「う、植田くん、か、顔を真っ赤にてかてかさせて、何言っているの？」

ハト沼の一言が、オチとなる。


講義に来る（ほとんどはもぐりの）学生たちがさらに増えてきたので、会場が、第8教室から、同じフロアにある第3教室へと変更になった。

事務手続きは、藤田英治先生の指示で、助教の津口在五がやってくれた。いつも無口なのだが、やるべきことは、誰にも何もいわず、てきぱきとこなす。津口は、一方で、自身のテーマである、画家のフランシス・ベーコン研究を進めているらしかった。

第3教室は、「半切れカマボコ」の第8教室に比べると、びっくりするくらい広々としていて、一〇〇名くらいの学生が余裕で入ることができた。また、プロジェクターや、マイクロフォンなど、近代的な設備も充実していた。階段を上ったすぐのところにあるのである。

梅雨時で、曇り空が続く。雨をついて、さまざまなゲストがやってきた。作家の保坂和志《ほさかかずし》さんや重松清《しげまつきよし》さん。東京大学で複雑系を研究している池上高志《いけがみたかし》さん。アーティストの森村泰昌《もりむらやすまさ》さん。日本文化に造詣の深い白洲信哉《しらすしんや》さん。

時には晴れることもあって、そんな日にも、ゲストがやってきた。日本を代表するギャラリーの一つで、現代美術家の杉本博司《すぎもとひろし》さんも所属するギャラリー小柳《こやなぎ》の小柳敦子《あつこ》さん。ホームレスの人が販売することで自立を支援する雑誌「ビッグイシュー」の販売人の方々。

それぞれのゲストが刻む時間を、学生たちは貪欲に吸収した。

雨にも負けず、膝かっくんもせず、ジャガーは、相変わらず、ユウナちゃんに熱を上げているようだった。

しかし、「ぼくとつき合ってください」というジャガーの正面突破作戦は、実は、あまりうまくいっていないようだった。

ハト沼は、相変わらず、「う、植田くんには、ユ、ユウナちゃんは無理だよ」と手厳しい。

ジャガーは、そもそも、ユウナちゃんに限らず、女の子全般が好きなようであった。もちろん、ユウナちゃんに一番熱を上げていることは事実で、ユウナちゃんがいる時には、その目を気にしておとなしくしているのだが、ユウナちゃんがいない時には、積極的に女の子に声をかけているのを、目撃されているのである。

「君、藝大の子？　ぼくもそう。油絵科だよ。藝大四浪して入ったんだ。どこ住んでいるの？　帰る時送っていこうか？　今度、お茶しない？　ぼく、感激すると鼻水が出て、チューブで受けて保存しているんだ。それで、ビーカーから垂らして、作品にしているんだ。どう、見る？」

赤ら顔がてかてかした、てんとう虫体型の男が、こういう気持ち悪いトークをしたら、女の子は引く、と普通思うものだが、ジャガーの人となりに、どこか警戒心を起こさせない何かがあるらしく、女の子は、案外楽しそうに、ジャガーの下らないトークを聞いているのであった。

ジャガーは、あだ名の由来の話を、自己紹介の時にも使うようになった。特に、好みの女の子が相手だと、なんとか印象づけようと、必ず「ジャガー」にまつわる自己紹介をする。

「あのう、ジャガーのエンブレム、ご存じでしょうか。」

「ああ、あれね。」

「どういうのか、やっていただいてもよろしいでしょうか。」

「こうでしょ。」

女の子が、両手を前に出すまねをすると、ジャガーが修正する。

「そうじゃなくて、こう。」

ジャガーが、手をそろえて前に出し、唇をそれらしくゆがめると、大抵の女の子は、声を出して笑った。実際、エンブレムのまねは、現時点でのジャガーの唯一の必殺技と言っても良かった。

「私、生きる姿勢が前のめりなので、先生に、ジャガーというあだ名をつけられまして。」

女の子が笑うと、さらにたたみかけるように、「絵というよりは、むしろ恥をかいております」というように、自己紹介を締めた。

しばらく見ていると、ジャガーが興味を持ってアプローチする女の子には、一定の傾向があることもわかってきた。自分と真逆の、清楚な美人。つまり、ユウナちゃんと似たタイプ、世間的に見れば、「無理目の女」に、ジャガーはアタックしていく。

その傾向を摑んでしまったので、教室を見渡して、ジャガーに、「おい、お前、今日はあの子だろう」と見たことのないもぐりの子を指すと、ジャガーは、「なんでわかるんですか！」と悪びれもせずに笑う。

そして、ジャガーが、女の子に近づく時の様子を見ていると、ふと、こいつには何かが欠落していて、女の子を「人間」として見ずに、モノとして欲しているんじゃないか、と思うことすらあった。

何だか、リビドーに駆動された機械のようにも感じてしまうのである。

「へいっ、へいっ」と気のいいジャガーだが、そのあたりは、おそらくは魂の暗黒舞踏なのだろう。

そんなジャガーが、ユウナちゃんがいる時だけは、素直に、おとなしくしている。ジャガーの「女好き」の療治には、ユウナちゃんという特効薬がある。しかし、処方できるのは、ユウナちゃん本人だけ。効能はなかなかジャガーには届かない。


雨が降って、上野公園のトビカン前の広場で飲むことができない時は、根津《ねづ》の交差点の近くにある「車屋」という居酒屋に行った。

講義が終わる頃、教室の窓際に行って、空を見る。場合によっては、窓から手を出して、雨粒を感じてみる。

だいぶポツリポツリと来ている時は、手をヒャッと引っ込めて、「今日は車屋だ!」とジャガーに言う。

この頃になると、「みなさん、このあと、飲み会がありますので、もしよろしかったら、来てください」と、ジャガーが教室の前に立ってアナウンスするようになっていた。

いわば、飲み会が、講義に付属した、「公式の」行事のようになってきたのである。もっとも、もともと、もぐりが多いわけだから、何が公式で、何が非公式なのか、わかった話ではないのだが。

飲み会参加者が集まると、ジャガーは、いつものような調子で、車屋への道を案内していく。

「みなさん、こっちです、へいっ、へいっ、へいっ！」

「居残り佐平次《さへいじ》」のようなノリの良さで、ジャガーが先頭に立って歩いていく。

ジャガーは、さすがに現役の藝大生だけあって、細かい裏道をよく知っている。界隈の野良猫とジャガーの鼻水が談合しているのではないかと思えるくらい。公園の向こうの階段を抜けて、長屋のようなところに出ると、そこに、井戸がある。何とはなしに、「谷根千《やねせん》」と言われる地域に残る江戸情緒が凝縮しているような気がして、みんながその井戸を心の道標としているのだった。

車屋は、根津の交差点から、赤札堂と吉野家の間の広い通りを少し東京藝大の方に戻って、植木鉢が縁取る細い路地を入って少し行った、右側にあった。

車屋では、一階の、グルッとテーブルをみんなで取り囲んで座れる席が、お気に入りだった。人数が多くてそのテーブルではあふれてしまう時には、二階の座敷を使うこともあった。畳の部屋で、広々と使っても、三十人は軽く入ることができた。

車屋の二階で、ジャガー、ハト沼、津口、杉ちゃん、藤本、阿部ちゃん、名取、ドレッドヘア、それにもぐりで来た東京藝大内外の人たちでわーっと盛り上がっていると、時折、不思議な事象が生じた。座敷を次の間から隔てている襖《ふすま》がスーッと音もなく開くと、いつの間にか、白装束を着たおばあさんが、ぽっとそこだけ明るく照らし出されて、ちょこんと座ってこちらをじっと見ているのである。

ギャア、出たあ！

初めてその白いおばあさんを見る人は、そんな風に恐怖する。お店の人に事情を聞くと、座敷の横の部屋で寝ているその家のおばあさんが、時折、お客さんのいる方を覗いているのである。

あまりにも穏やかで、温厚なご様子なので、まるでこの世のものとも思えず、ついつい、足はあるのか、周りに青白い玉がひゅるひゅる飛んでいないのかなどと、余計な想像力を働かせてしまう。

慣れている人たちは、「ああ、またあの白いおばあさんが覗いている」と微笑んで、そのままお酒をグビグビ呑んでいる。おばあさんが、何も言わず、じっと見つめている中で、みんなで相変わらず談笑している。そんな時には、まるで、白いおばあさんもまた、一つの大きな家族の一員、「グランドマザー」であるかのような錯覚が、生じてくるのであった。

「お前さあ、仏像って、写実だと思うか?」

ある時、ジャガーに問いかけた。

「さあ、どうでしょう?」

「興福寺にある国宝の無著《むじゃく》、世親《せしん》像って、あれ、写実だと思うか?」

「そうですね。」

「あの穏やかで、すべてを悟り、赦すような表情。あれは、きっと、かつての日本に、本当にそういう人がいたのだと思う。その意味では、写実だ。」

「へいっ。」

「でも、そのまま写したんじゃなくて、きっと、地上五センチに浮いているような変形が加わっている。それが、芸術というものだよな。」

「へいっ。」

「車屋の、あの、白いおばあさん、うまく写したら、凄い仏像ができると思うんだよね。」

「へいっ。」

「いい人だよな、車屋の、白いおばあさん。」

「そうですね。」

「どんな人生を、送ってこられたんだろうなあ。」

「ぼくも、そんなこと、考えることがあります。」

「でもさ、どんなにいい像でも、生きている人間の方が、やっぱりいいなあ。」

「そうですね。」

「無著、世親も、古《いにしえ》の日本に生身でいらした時には、ほんとうに素敵なひとたちだったんだろうなあ。」

「ぼくも、そう思います。」

「生きているって、それだけで、凄いことだなあ。」

「ほんとうに、そうですね。」


東京藝術大学の外でアーティストとの仕事がある時は、できるだけ、学生たちをつれて行くことにした。

みんな平等なのだが、ジャガーは、人当たりがよく、「へいっ、へいっ!」と身軽に動くので、いつの間にか同行する機会が増える。

宮島達男《みやじまたつお》さんとの対談の時にも、ジャガーがついてきた。

対談の会場となった都心のホテルに向かいながら、自然と、宮島達男さんの作品の話をしていた。

「宮島さんで素晴らしいのはさ、ＨＯＴＯ（宝塔）っていう作品だよな。見たことある？」

「いいえ、まだありません。」

「ある時、お釈迦様が、ひとりの人間の命はどんなものか問われて、答えの代わりに、こんなものだと宝塔をお出しになった。それは、この世で見たことがないほど美しい、キラキラと光る無数の宝石がちりばめられていて、その大きさは、地球の半分くらいあったというんだよ。」

「うわあ！　凄い話ですね。」

「なあ、命がそれだけ尊い、というありがたい説話だ。お前の命でさえ、そんなに大きくてきらびやかだって言うんだから、信じられないよな。」

「うへっ。へいっ。」

「その宝塔という作品は、宮島達男さんのデジタルの数字の表現が、集大成的に使われているんだ。」

「そうなのですか。」

「なあ、数字って、何なんだろうな？」

「へいっ。」

「オレの知り合いには、1.618033987を、メールアドレスに使っているやつもいるよ。」

「へいっ。」

「何だか、わかっているのか。」

「へいっ。」

「今のは、黄金比だぞ。」

「へいっ。」

「数は、神秘的だよなあ。」

「へいっ。」

「お前さ、宮島さんは、そもそも、どうやって、デジタルの数字表現に、到達したと思う?」

「そうなんですよね、ぼくらは、そのあたりのことを、いつも考えているんですよね。」

ジャガーは、自分の得意分野にテーマが回ってきたとばかりに、ぐんと身を乗り出してきた。

油絵科を出たからといって、油絵を描き続けるとは限らない。逆に言えば、デジタルの数字も、一つの「絵画」と言えるのかもしれない。確かに、アーティストは、「そのあたりのこと」を、じっくりと考えなければならない。

その後、ジャガーは、「ぼくらは、そのあたりのことを、いつも考えているんですよね」を連発して、しきりに芸術論をしかけてきた。そんな時のジャガーは、調子いい。

ところが、実際に、大先輩である宮島達男さんの前に立つと、昼間のフクロウのようにおとなしくなり、もごもごと口の中に言葉がこもるだけになってしまう。

宮島さんは、短く刈った髪の毛の下に、四角い顔をほころばせながら、しかし、注意深く、初対面であるジャガーのことを観察していた。

「君は、油絵科なの？」

「はいっ。」

「将来は、やっぱり、アーティスト活動したいの？」

「はいっ。」

「そう、がんばってね。」

「はいっ。」

宮島達男さんはやさしいから、ジャガーのような若輩者にも、いろいろと話しかけてくれる。しかし、それに対して、ジャガーは、まともな受け答えができないのである。思いのたけはあるのだが、自分の体重を言葉にぐっとのせてそれを伝える術を、知らないのであろう。

いざ、自分の夢を語る段になると、妙に音圧が弱く、早口になってしまう。

「ぼくの夢は、アニメーションをつくることなのですが、そのために、いろいろ今修業をしていまして、宮島さんの作品も、勉強させてもらっておりまして。」

今ひとつ、というか全くもって、説得力がない。

梅雨が明ける。からりと晴れる。一気に暑くなる。

大学は、夏休みに入った。

ジャガーが、「先生、ぼくの家を見てください」と言い出した。

「今度、住んでいたマンションが取り壊されてしまうんで、引っ越さなければならないんです。その前に、ぜひ、ぼくの家を見てやってください!」

妙なことを言うやつだなあ、と思ったが、大切なことの気配を察して、「行くよ!」と返事した。

ジャガーが子どもの頃から住むマンションは、東横線の学芸大学駅の近くにあるという。

「そうなのか!」

そのあたりには、土地勘がある。通っていた高校が、学芸大学駅から十五分くらい歩いたところにあったのだ。

ある日曜の午後、渋谷駅で待ち合わせした。ジャガーの住んでいるというマンションまで、歩いていこうというのである。

「お前、オレが高校生の時に、ちょうどベビーカーか何かに乗っていたかもしれないな。学芸大学駅前の商店街あたりで、お互いの横を、通り過ぎていたかもしれないな。」

ジャガーの住むマンションは、商店街から少し入った、落ち着いた裏通りにあった。建築してから、些《いささ》か年代が経っているものの、まだまだ立派に住める建物だった。

「お前、いいところに住んでいるんだなあ」と言うと、ジャガーは、さすがにうれしそうな顔をした。

「先生、こっちに来てください！」

階段をトントントンと上り切ると、思いの外だだっ広い屋上があった。

ピーカンの青空が頭上に広がる。

「ぼくは、高校生の時、よくここに上って、景色を眺めていたんですよ。」

ジャガーの隣に座る。心が晴々とする。

「世田谷も、こうやって見ると、緑がずいぶん多いね。」

「そうですね。」

「お前、ここに来て、何を考えていたんだ？」

「いろいろです。」

ふたりの沈黙を、風が包んでいく。

何とはなしに、昔のことを思い出した。

「あのさ、オレ、東京藝大でこうやって教えているけれども、実は、学生たちには言わない、秘密があるんだよね。」

「へいっ。」

「オレ、本当は、小学校六年の時に、日本に来た『モナリザ』を上野で見て、突然絵画教室行きたい！　って思って、それで、大学生の頃まで、油絵を描いていたんだよね。」

「あっ、そうなんですか？」

「そうなんだよ。最初に描いたのが、アジの開きの絵でさ。」

「へいっ。」

「筆を洗うのに、それ専用の油を使うとか、何からなにまで初めてで、珍しくってさ。」

「へいっ。」

「いやあ、魚の皮って、油でぴかぴか光っていて、キレイだよなあ。でも、描くのは、難しかったなあ。」

「へいっ。」

「それで、何を隠そう、オレの先生は、公募展系の先生でさ。」

「あっ、そうなんですか。」

「それでさ、オレも公募展、出させられたんだけど、入選もかすりもしなくてさ。」

「へいっ。」

「高校生くらいから、絵画的にぐれて、絵筆をとらないで、腕組みして、他人の絵の批評ばかりしていてさ。」

「へいっ。」

「描けない評論家って、同じ教室に通う松岡《まつおか》ってやつにさんざんに言われてさ。」

「へいっ。」

「芸術、好きだったんだよね。科学者になるつもりだったけど、芸術家のことは、ずっと尊敬していた。」

「へいっ。」

「でも、ヘタクソだった。」

「そんな。」

「月に向かって手を挙げている女の絵とか、わけのわからない、ポエムみたいな絵を描いていた。ろくに、デッサンもしなくてさ。」

「へいっ。」

「もし、オレが藝大受けていたら、お前の四浪どころか、永遠に受からなかったろうな。」

「いえいえ、そんな。」

「でも、芸術って、いいよなあ。」

「へいっ。」

「人間にはさ、あまりにも昔に諦めてしまって、諦めてしまったことさえ忘れている、そんな夢があるんだよなあ。」

「へいっ。」

「オレは、芸術については、へんな話、すべての夢が滅んだ後の、真っ白な世界に生きている気がする。」

「いえいえ、そんな。」

「まあ、お前は、芸術の夢を見続けなよ。」

「へいっ。」

「おい、ジャガー、芸術は、自由だぞ。」

「へいっ。」

「人生そのものが、芸術だぞ。」

「へいっ。」

「こうやって、生きている、瞬間、そのものがなっ。」

「へいっ。」

「ただよ、芸術に対するあこがれをこじらせると、やっかいなことになるよな。」

「へいっ。」


そろそろ家に行ってみましょう、と言うので、ジャガーといっしょに階段を下りていった。

家のドアを開けると、ジャガーの父親が、真っ先に「どうも先生、いつもお世話になりまして」と言った。なんだか気恥ずかしかった。

初めて会うジャガーの父親は、ほっそりとしていて、てかてかと赤く光ってふくれているジャガーとは、かなり印象が違っていた。でも、よく見ると、目のあたりの表情に通じるものがある。歯科技工士をされていて、ずっと、家で作業をしてきた人生なのだという。

どうぞどうぞ、と促されて、テーブルに座る。

「先生、息子がいつもお世話になっていまして。」

「いいえ、こちらこそ。」

「先生、コーヒーでも淹れましょう。」

「いえいえ、どうぞ、お構いなく！」

「淹れますよ。なあ、工、ちょっと、先生と話していてくれ。今、コーヒーを淹れるから。」

しばらくして、ジャガーの父親が持って現れたのは、コップを二つ載せたお盆と、紙パックに入ったドトールコーヒー。

「先生、ま、おひとつどうぞ！」

すっかり恐縮しながら、ジャガーの父親が紙パックからどぼどぼと注いでくれたコーヒーを飲んだ。

渇いた喉を通って、甘い液体が心にしみていった。

「あっ、おいしいです。」

「おいしいですか、先生！」

「はいっ！」

「これからも、息子を、よろしくお願いします!!!」

「わかりましたっ!!!」

ジャガーが、何だか、虚空に「の」の字を書きそうなくらいに恥ずかしがっている。

「なかなかの父親だったな！」

家を辞したあと、ジャガーにそう言った。

「へいっ！」

「ドトールコーヒー、ご馳走してくれたなあ。」

「へいっ。」

さすがのジャガーでも、自分の父親のことについては「前のめり」になれない。

続いて、ジャガーは、浪人時代からアトリエに使っているというアパートの一室に連れていった。ジャガーの同級生の家が経営しており、ほとんどタダ同然の値段で借りているのだという。

とにかく、汚れた部屋であった。どう使えば、ここまでゴミ箱の内側みたいになるのだろうと、呆れた。ギトギトと、油にまみれている。そして、鼻水でもかんだのか、あちらこちらに丸まったティッシュ。

「ぼくは、先生、こんな絵を描いていたんですよ。」

ジャガーが四浪していた頃の絵はなかなか良かった。高校生の自分が描いていた絵よりも、やはり、はるかに上等だった。女性の肖像。肌が赤黒くて、そこに不気味な生きものがいる、という存在感がある。これならば、ひょっとしたら、塩谷が言うところの、「実存が描けている」ことになるのではないかと、思った。

ジャガーの内面に、こんなにどろどろしたものがあったのかと、少なからず驚いた。

「お前、内面は、実は暗いんだなあ。」

「うへっ、へいっ！」

「お前、昔の方が、いい絵描いていたじゃないか。」

「へいっ！」

「最近は、なんだか絵の方はおとなしいな。」

「へいっ！」

「まだまだ、修業をしないといけないな。」

「へいっ！」

「お前、ほんとうに、卒業制作は、アニメで勝負するんだろうな？　それで、国際的なアニメ・コンペに挑戦するんだろうな!?」

「へいっ！」

「そうか、がんばれよ！」

「へいっ！」

「おい、ジャガー、どこか、そこらへんに飲みにいくか？」

「へいっ！」

ジャガーと連れだって、アトリエ近くにある学芸大学の駅前商店街を、ゆったりと歩き始めた。

この駅の近くの高校に通っていた頃には関心もなかった、居酒屋の一軒一軒の店構えを、今は真剣に見つめている。

いつの間にか、ジャガーとは、東京藝大の教え子ということを超えて、師匠と弟子、のような親密な関係となっている。

そうは言っても、ジャガーに、特に何かをしてもらうというわけではない。上野公園のトビカン前の飲み会の時に、お金をさっと渡して酒を買ってきてもらうくらい。あとは、何かの時におごってやったりするくらいで、どちらかといえばこっちの方がジャガーの世話をしている。

そのうちに、ジャガーは、誰かに会うと、「私は、先生の書生で、カバンを持たないカバン持ちのようなものです」と言うようになった。

確かに、ジャガーにカバンを持ってもらったことは一度もない。そもそも、カバンの類いを持たず、リュック一つで、国内でも国外でもどこでも出かけていく。

「う、植田くんは、絵描きというよりは、む、むしろ、プ、プロのパシリみたいだね。」

ハト沼にそのように揶揄されながらも、ジャガーは、気にもとめずに、「へいっ、へいっ！」と、どこにでもついてくる。

ある時、やはり仕事で、ジャガーといっしょに四谷から新宿に向かって歩いていると、三《さん》遊亭圓朝《ゆうていえんちょう》の旧居跡が偶然にあった。そこにあるとは知らなかったので、感動して、しばらくそのプレートを見ていた。

「おい、ここに、三遊亭圓朝がいたんだなあ。」

「へいっ！」

「お前、三遊亭圓朝知っているのか？」

「あの〜その〜聞いたことは、ある気がします。」

「圓朝の落語をか？」

「へいっ！」

なんとはなしに、話をごまかしていることがわかってしまった。

「あのな、ジャガー、三遊亭圓朝という名跡は、落語界で言えば、長嶋茂雄の背番号3番のようなもので、永久欠番なんだぞ。」

「へいっ。」

「だからな、三遊亭圓朝という名の落語家は、明治に活躍した大名人以来、基本的にいないから、お前が圓朝を聞いたはずが、ないんだぞ。」

「へいっ。」

「お前さ、そもそも、三遊亭圓朝が何をやった人か、知っているのか？」

「へいっ。」

『文七元結《ぶんしちもっとい》』とか、『死神』とか、『真景累ヶ淵《しんけいかさねがふち》』とか、今では古典となっている数々の落語をつくった人なんだぞ。」

「へいっ。」

「圓朝の高座が速記録で出版されてベストセラーになったことが、近代の口語体の日本語の書き言葉の起こりの一つと言われている人なんだぞ。」

「へいっ。」

「人情落語の名作、『芝浜《しばはま》』なんて、お客さんから〝酔漢〟、〝財布〟、〝芝浜〟という三つのお題を出されて、即興でつくった三題噺《さんだいばなし》が元なんだぞ。」

「へいっ。」

ジャガーは、なんだか、恐れ入ったようなふりだけはしている。

そうやって、三遊亭圓朝について、一通りの説明をしたしばらく後のこと、上野公園のトビカン前の飲み会で、ジャガーが、その日講義にもぐりでやってきたかわいい、「無理目」の女の子に向かって、「三遊亭圓朝って知っている？」と、ロケットが大気圏を脱出しかねない勢いで話しているのが目撃された。

ガクッ。

「あいつめ、人が教えたことを、さっそくやってやがる。」と思ったが、そこは武士の情け、見逃してやった。

三遊亭圓朝は知らなくても、本人は、落語の「与太郎《よたろう》」のようなやつ。

「お前さあ、なんで、そんなにオレについてくるんだ？」

ジャガーに聞いてみた。

「いえ、大学の講義のシラバスに、先生の名前を見つけたときから、これだっ、と思いまして。」

「そうなのか。」

「はいっ、クオリアこそが、アートのど真ん中だと思っていまして。」

「そうか、お前、クオリアなんかに興味があるのか？」

「へいっ。」

「その割には、ふだんは、バカ話しかしないなあ。」

「へいっ。」

「お前、案外、マジメなんだなあ。」

「へいっ。」

「マジメだけど、三遊亭圓朝は知らないんだなあ。」

「へいっ。」

「知らなくても、女の子には、付け焼き刃の知識を披露するんだなあ。」

「へいっ。」

「そんなことで、女の子にもてると思っているのか?」

「うへっ。いや、その。へいっ。」


ジャガーは、「へいっ、へいっ!」と「プロのパシリ」に励む一方で、就職活動を本格的にやっていた。しかし、もちろんというか、やっぱりというか、ことごとく失敗しているようであった。どこに行っても、学生時代の作品として、例の、鼻水を溜めたチューブを見せて、面接官たちに向かって、「ぼくの感動の証です!」とやってしまうらしい。

NHKや、電通など、メディア関連の人気企業に果敢にも挑んでいるらしかった。電通は、営業を希望してさえいれば、「へいっ、へいっ!」と調子の良いジャガーのことだからひょっとしたら受かっていたのかもしれないと、トビカン前の飲み会にも顔を出している電通部長の佐々木厚《ささきあつし》氏に言われたが、無謀にもクリエイティヴ職に応募し、鼻水入りチューブの写真を添付した書類選考の段階でアッサリ「落選」していた。

ＮＨＫは、なぜか、面接まで行った。しかし、居並ぶ面接官に、「これからは、鼻水です！　鼻水ですよ！」と拳を振り上げ続け、「うちは、そういうの、放送できないんですけど」と切り返され、「知っています」と答えたら、その瞬間に「お疲れ様でした」と告げられ、敢えなく落ちてしまった。

学研を受けた時は、「チューブ入り鼻水」の実物を作品として持参し、怪訝な顔をされたのであわてて拳をつくって「こどもちゃれんじです！」と叫んだのだが、「あのう、それ、うちじゃなくて、ベネッセさんなんですけど」と言われ、「しまった」という顔をしていると、即座に「お疲れ様でした」と面接が終了してしまったのだった。

テレビマンユニオンにも、知り合いである花野《はなの》剛一《ごういち》氏を頼り、応募し、なんとか役員面接までこぎ着けたが、その場でも、「鼻水です、鼻水！」とやり、結果として落ちた。後で花野さんに聞いたところでは、ある幹部が、「東京藝大にまで行って、鼻水とか言っているやつはニセモノだ！」と吐き捨てたのだという。

ここに至って、ジャガーは、ようやく大いに反省した。ジャガーは、東京藝術大学の入試の失敗を思い出した。思えば、入試の作品制作で、下手に「芸術性」を追求してしまっていた！　予備校の、「こういう絵を描けば受かる！」という指導を無視して、自分なりの画風をこれでもかっ、これでもかっ！　と答案に吹き込んでしまって、結果としてショボンの四浪になってしまったのである。

そこで、四浪目の本番、すなわち、五回目の東京藝術大学の受験では、何も考えずに「受かるようなスタイル」で絵を描くことを試みたのだという。自分の個性というものを封印して、素直に、予備校が指導するようなタッチで、デッサンや油絵を描いた。これが、結果として功を奏した。

就職活動でも、同じことをやればいいのだと、ジャガーは気がついた。そこで、「鼻水です、鼻水!」を封印することにした。「チューブに入った鼻水」という、確かに「自分らしさ」の表現ではあるが、世間的に見れば「汚物」でしかないものを隠し、その他の「もっともらしい作品」だけを、自己紹介のファイルにして面接に持っていくという作戦に出たのである。

「鼻水封印作戦」が功を奏して、ジャガーにもようやく春が訪れた。臨海地域にある巨大遊園地に、就職が内定したのである。

その巨大遊園地は、奇しくも、ジャガーが、浪人中にバイトをしていたところであった。柵の外でペンキ塗りをしていて、「どうやったらこの中に行けるだろうか」と思っていた、その遊園地に就職することが決まったのである。

柵の「外」から「内」に、物理的に移動しただけではない。きちんと、クリエイティヴとしての就職に、成功したのだ。

「おお、良かったなあ！　お前のあこがれの、キャラクターをアニメで描くという仕事に、大きく一歩近づいたなあ！」

そう言うと、ジャガーは鼻の穴をプクリと大きくふくらませてよろこんだ。


ジャガーが、そのようにして、マジメに就職する気になったのも、ユウナちゃんへの片想いが満たされ、恋が成就した、という驚愕の事実があったからである。ハト沼、杉ちゃん、阿部ちゃん、藤本、その他、ジャガーを知るみんなが衝撃を受けた。

人生には、三つの坂がある。上り坂、下り坂、そして「まさか」である。その「まさか」が起こってしまったのだ。

まさか！

ジャガーの恋路のすべてを経過観察していたわけではないので、実際にはどんなことがあったのか、わからないのだが、ジャガーの「自己申告」によると、おおむね次のようなことが起こったのである。以下の顛末《てんまつ》は、柔らかな日が差し込む大浦食堂のテラス席にて、大浦おじさんがアイヨッ！　と差し出してくれたライスカレーを食べた後、ハト沼と一緒に、柄にもなく桜の花びらをうっすらと通ってくる日光に照らされたように恥ずかしそうにしているジャガーから聞き出した。

ジャガーは、傍目《はため》から見れば「無理筋」のユウナちゃんに、果敢にアタックを続けていた。実は、ジャガーの人生は、ずっと、まずはムリな女性にあこがれるということだったのだから、そう簡単にユウナちゃんが落ちなくても、何しろそれが「日常」なのだから、ジャガーはめげることがなかったのである。そこに、一つの「継続する力」があったとは言えるだろう。

ユウナちゃんにアタックしている間ずっと、ジャガーの前歯は一本欠けていて、よくそこに大浦食堂の「わかめ」や「そば」が引っかかっていた。そんな外見で、楚々とした美女のハートを摑もうと、「ユウナちゃん、へいっ！ へいっ!! へいっ!!!」と愛を語っていたのだから、思えば大胆不敵な輩である。

ジャガーは、ユウナちゃんに正攻法でアプローチしても、一向にうまく行かないものだから、ついに、セコイ手段を考えた。「ぼくの絵の、モデルになってください」と頼んだのである。

ジャガーには、奇特な同級生がいて、家族が経営するアパートの一室を、ジャガーに「アトリエ」として貸してくれていた。先日、ジャガーが、「ここがぼくのアトリエです」と連れていった場所である。それで、ユウナちゃんも、絵のモデルだったらまあいいかと思い、ジャガーのアトリエに出かけていったのだという。ジャガーは、「ありのままの自分を」という勝手な理屈をつけて、取り立てて掃除さえしなかったのだという。

「お前、あの汚い部屋に、ユウナちゃんを連れていったのかっ⁉」

「へいっ！」

ジャガーは、ユウナちゃんがアトリエに入ってくると、まず、「絵のサイズを決めなくちゃいけないから」などと訳のわからない理由でごまかし、巻き尺でユウナちゃんの身体を測りはじめた。ユウナちゃんは、心がやさしいというか、変態に対する許容度が高いというか、ジャガーが巻き尺で余計なところを測っているのを、黙って許していたのだという。

一日目の「デッサン」は、それで終わりで、ユウナちゃんは帰った。ジャガーは、「もう一押しだ！」と、ユウナちゃんに、本格的なラブレターを書くことにした。

もっとも、ジャガーのことだから、美辞麗句を駆使した文学的な恋文のはずがない。ただ単に、ピカソ的原始絵画で男の子と女の子の姿を書き、そこに一言、「ぼくの初めての女《ひと》になってください」と添えたのだという。

そして、ジャガーの、この、背筋がぞくっと寒くなるような変態的な愛の告白に、信じられないことに、ユウナちゃんは、「コクリ」と頷いて、応じたのだという。

「そ、その、コクリというのが、ちょっとわざとらしい。う、植田くん、だ、だいぶ脚色しているんじゃないの⁉」

ここまでおとなしく聞いていたハト沼が、ついに、耐えられなくなったように叫んだ。

「ううむ。」

あまりに意外な展開に、大浦おじさんが淹れてくれたコーヒーを一口飲んで、舌になじませた。

「そ、それで、どうなったの？」

ハト沼は、好奇心に負けて、矢も楯もたまらず、ジャガーにそのように尋ねた。

ジャガーの鼻が自慢げに少しふくらんだようにも見えた。


「コクリ」から数日たって、ユウナちゃんは、再びジャガーのアトリエに来たのだという。

ジャガーは、ここぞチャンス！　とばかりに、あらかじめアトリエを隅々まで掃除しておいた。さすがのジャガーも、この時ばかりは、「ありのままの自分を」という路線は、やめたらしい。

それで、いよいよ仲良く、ということになってから一時間。突然、ユウナちゃんはジャガーを引き剝がすと、「気持ち悪いからやめて！」と言ったのだという。

「う、植田くん、な、何をしていたんだよ〜。」

ハト沼が、これ以上はもう憤然！　という感じで聞いた。

「いや、一時間ずっと、ユウナちゃんの胸に、ひしっとすがりついていたんですよ。」

「なんじゃ、それは？」

「もう、この機会を逃したら一生、女の人の胸になんか縁がないと思って、一時間くらいずっとすがりついていたら、ユウナちゃんが、気持ち悪いからやめてくれって。」

「そ、それは気持ち悪いよ、う、植田くん。ど、どうして、その先に行かないの？」

ハト沼が、ジャガーを軽蔑したように言う。

まあまあ、ハト沼、ここは、冷静に「取り調べ」を。

「それで、ユウナちゃんが、コクリと返事してくれた時の鼻水どうした？」

「とってあります。」

「ということは、やっぱり、鼻水出たのか？」

「ええ。ユウナちゃんが、コクリと頷いた時、生涯で最大の鼻水がどばーっと出ました。チューブに受けて、とってあります。見ますか？」

「いや、見なくていい！　それにしても、お前、良かったなあ。ユウナちゃんとつき合えて。」

ハト沼は大いに不満そうで、何か言いたそうに、大浦食堂のガラスの天井を見上げていた。

ジャガーが懸命に就職活動をしているのは、「植田くん、ちゃんと就職しないと、私もうおつき合いするのやめる」みたいなことを、ユウナちゃんに言われたかららしい。それは大変、生涯で、もう二度と、ユウナちゃんのような楚々とした美人が「コクリ」と頷いてなどくれないだろうという、誠に正しい状況判断をしたジャガーは、必死になって就職活動を始めた。そしてついに、内定の栄冠を勝ち取ったのである。

パチパチパチ！　まあ、経緯にいささか気持ち悪い点があるにせよ、取りあえず良かった！

ジャガーが、ユウナちゃんとうまくいった、ということに対抗する、というわけでもないのだろうけど、ハト沼も、同じ頃彼女ができたようだった。どうしてそれがわかったかというと、ハト沼の着る洋服が、妙にデザイン系というか、左右非対称《アシンメトリー》の派手なものになっていったからである。

服装には全く頓着しないから、ハト沼が急にファッショナブルになっても、すぐには気づかなかったが、ジャガーが、「ハッスン、なんだよ、それ〜」と服をからかっているのを見て、確かにヘンだと気づいた。

「ぼ、ぼくは、ふ、服は自分で選んでいるから。」

要領を得ないハト沼の説明を一切無視し、周囲の人に聞き込みをしてわかったのは、衣装デザイナーの菜穂子とつき合っているらしい、ということだった。菜穂子も藝大生で、何回かトビカン前の飲み会に来て、ハト沼と話しているのを目撃したことがある。そして、菜穂子は、着る服を自分でつくってしまう、ファッションに関してハイセンスの人らしかった。

どうやら、ハト沼は、菜穂子から着る服についてのアドヴァイスを受けているらしい。もっとはっきり言ってしまえば、菜穂子の言いなりになって、バイトで稼いだお金をはたいてあれこれと服を買っているらしい。

「そうでないと、ハッスンがあんな奇天烈な服を着るはずがないんですよ。」

ジャガーは、少しバカにするように言った。

「それにしても、菜穂子さんも、なぜハト沼とつき合う気になったんだろう？」

「菜穂子は、村上春樹の小説が好きで、それで、ハッスンは、いかにも村上春樹の小説に出てきそうなキャラクターだから、それで好きになったんじゃないですかね？」

「お前、それ、ハト沼に言ったことがあるのか？」

「ないです。」

「言ったら、ハト沼、ますますその気になっちゃうんじゃないか。」

「そうですねえ。あいつのことですからねえ。」

ジャガーは、なぜユウナちゃんが自分に「コクリ」してくれたのかという、目下の宇宙最大のミステリーは棚に上げて、ハト沼に対してはあくまでも「上から目線」である。

夏の盛り。ギラギラと輝く太陽。まともに目を開けては直視できない。

横浜のバンカートというところで、杉ちゃんのパフォーマンスがあるというので、ハト沼やジャガーと一緒に出かけた。

このところ、ジャガーは、ユウナちゃんと一緒にいることが多かったが、その日は一人だった。ハト沼は、菜穂子と、横浜で待ち合わせをしているらしかった。

そのパフォーマンスには、杉ちゃんが、是非とも来てくれと言ってきたのである。

伏線があった。講義の中や、その後のトビカン前や車屋での飲み会で、「現代の文化はスカばっかりじゃん」と、杉ちゃんや学生たちをチロチロ挑発していた。文学を見てみろ、ベストセラーにろくなものがない。批評家がほめても、結局提灯持ちで、歴史に残るものがない。ドラマ化されようが、映画になろうが、結局は大したことがない。「スカ」ばかりがのさばり、つまりは商売としてのみ褒められる。

スカばかりで疲れませんか、空気が薄くなって段々呼吸が苦しくなって行くように、近頃、生きにくくないですかっ！

そんなふうに気炎を吐いていたら、ある日、杉ちゃんから「挑戦状」のようなものが来た。この程、パフォーマンスをやる。横浜でやる。つきましては「スカではないものをお見せするから是非ご足労願いたい」という文面。

ジャガー、ハト沼と、「杉ちゃん、何やるんだろう」と話しながら、横浜に向かった。ハト沼は、「ぼ、ぼくは、す、杉原くんに記録を頼まれて」と、ビデオカメラを一つ、大事そうに手に握っていた。

「横浜って言えば、東京藝大の映画学科があるんじゃなかったっけ？」

「そ、そうですね。」

「北野武《きたのたけし》さんとかが、教授でいらっしゃるんだろう。」

「そ、そうですね。ぼ、ぼくは行ったことがないのでわからないのですが。」

「やっぱり、あれ、杉ちゃんのパフォーマンスを撮る時には、ライティングとか、絵作りとか、考えてやるの？」

「ぼ、ぼくの撮るのは、か、肩の力の抜けた、そ、素朴なドキュメントなので。」

ハト沼は、ときどき、そんな気の利いたことを言おうとする。そして、外している、ような気がする。

夕暮れになると、さすがの暑さも少しはやわらぐ。街行く人たちの服装が、たそがれの中にも、ほのかに白い。

バンカートは、馬車道を歩いていったところにあった。昔の銀行の建物をそのまま利用している。金庫の分厚い扉と、巨大なハンドルが残されている。

パフォーマンスが行われるのは、バンカートの広々とした吹き抜けの空間。ところが、時間になっても、会場はしんと静まりかえっている。

一体、どうなるのだろうと、沈黙の底を測っていると、突然、吹き抜けの二階から、「うぉーっ！　うぉーっ！」と頓狂《とんきょう》な叫び声がした。それと同時に、白と黒の檄文がパラパラと舞い降りて来た。やっと始まった！　観客たちがダッと走り寄り、拾い上げる。

一呼吸置いて、あちらの方向から、杉ちゃんが全力疾走してきた。全裸になった杉ちゃんは、体中を迷彩に塗りたくり、それでも、腰に黒いテープだけを巻き付けている。

杉ちゃんは、吹き抜けに垂れ下がっていた、白地に黒の斑《まだら》の巨大な布に飛びつくと、そのままぐいぐい引っ張って、床に落としてしまった。それから、その布の塊にくるまれて、うんうん悶絶し始めた！

杉ちゃんが、お湯をかけられた芋虫のようにもがき続ける！

そして、突然、立ち上がった。

そうして、布を下半身に黒テープで巻き付けた。

それから、その一〇メートルはあろうかという巨大なスカートを引きずって、会場の中を激走した!!

会場の片隅に置いてあった屏風絵が巻き添えを食らって、ダン！　と引き倒される!!!

観客たちが、どっと逃げまどった。


これは、なかなかイイゾ！

光景がよみがえる。

小学校の時に見に行った、タイガー・ジェット・シンとアントニオ猪木《いのき》の場外乱闘プロレス！

パイプ椅子をなぎ倒しながら走るタイガー・ジェット・シン！

追いかけるは、正義の味方、われらがアントニオ猪木！

二人をスポットライトがサーッと追って照らし出す！

「お～気をつけください！　お～気をつけください！」

場内アナウンスがあおる。悪役と善玉の動きに合わせて魚の群れのようにあるいは近づき、あるいはぱっと逃げまどう観客たち。

その場のライブとしてしか、立ち上がらない何か！

芸術は、プロレスだっ！

これが、闘う、ということだ。

そんなフラッシュバックが一瞬心をよぎり、曲がった時空の中にさまざまな色が流れて、「今、ここ」へと回帰する。


杉ちゃんは、台の上に駆け上がり、座り込む。長いスカートを垂らして、草書体《そうしょたい》のシャチホコになる。見上げる観客たちを支配するかのように、うぉーっ！　うぉーっ！　と叫ぶ。シャチホコは、しばらくそうやって座っていたが、突然くるりと下に降りると、ダッと夜の街に出ていってしまった。

がやがやと後を追った観客たちに続いて、馬車道に出る。杉ちゃんの姿は、すぐに見つかった。交差点の歩道の角に座っている。布を扇のように歩道に広げ、眩《まばゆ》いランプを点けて道を行き交う車に向かい、うぉーっ！　うぉーっ！　と叫び続けている。

黒い裸体が、流れる光の川に挑むようなシルエットとなる。

通行人が数人、何だろうと立ち止まっている。

タクシーが、一台、杉ちゃんの近くに停まって、ハザードランプを点滅させた。

いかにもまずいことが起こるような予感が充満する。

突然、杉ちゃんはスカートを脱ぎ捨てた。全裸の腰に、黒テープを巻き付けただけの姿で、馬車道とは直角の方向に、振り返る素振りさえも見せずに疾走していった。その後を、ハト沼が、ビデオカメラを持って、転げるようになりながら、夜の横浜の街へと激走していった。

もう、それっきり。どうやら、今のが、「ジ・エンド」だったらしい。

しばらく交差点に立っていると、やがて、ハト沼が、ハアハアと息を切らせて戻ってきた。ビデオカメラを、やさしくひよこでも扱うように、大事そうに懐に抱いている。

「杉ちゃんって、なんか、原始なやつなんだなあ。」

感心してつぶやくと、ハト沼が、目をまんまるお月さまのように大きく見開いて言った。

「す、杉原くんは、いつも、テーマは、じ、縄文だと言っていますから。」

杉ちゃんのテーマは、縄文か！

だから、そのあたりからインスピレーションという土を掘ってきて、芸術という土器をぼうぼうと焼いてしまうのだろう！

観客の熱視線でさえ、炎として。

後悔やら、失望やら、嫉妬やらを、ぜんぶ火の中に投げ込んで、燃やしちまえ！

めらめらめら。

横浜のバンカートに、「縄文原人」が降臨した。

杉ちゃんは、片付けがすっかり終わる頃になって、ようやく戻ってきた。つまり、縄文原人の姿で、横浜の街を三〇分くらい走り回っていたことになる。

道行く無辜《むこ》の市民に、一瞬の「ギョッ!」を与えることも、また、杉ちゃんのアートだというのであろうか。


夏休みも終わって、講義が再開した。

杉ちゃんの姿が、さっきから、どこにも見えない。

「す、杉原、こ、講義、た、た、楽しみにしていると、い、一週間くらい前から、は、張り切っていました。」

ハト沼はそう言うのだが、肝心の杉ちゃんの姿が見えないのだ。

大竹伸朗《おおたけしんろう》さんが講義に来ることになっていて、学生たちは、みなそわそわしていた。ところが、一番張り切っているはずの杉ちゃんが見えない。

大竹伸朗さんは、東京都現代美術館で『全景』展を開いて、そのキャリアの一つの絶頂にあった。

表現者が持つべき資質の第一は、飽くなき継続だろう。大量のブツが、挟み込まれたスクラップブック。数え切れないほどの絵画。自由の女神。独特の書体で描かれた「ニューシャネル」のTシャツ。ラフな筆のタッチ、大胆な色使い。

これでもかっ、これでもかっ！　そんなエネルギーを持って継続できるということが、結局は最大の才能である。

大竹伸朗は、走り続ける。

それは、一つの闘争精神だ！


大竹伸朗さんは、ジーンズにTシャツ、そしてキャップを前後逆にした出《い》で立ちで、東京藝術大学上野校地に現れた。

ジャガーやハト沼たちとともに、時代を疾走する巨匠を大浦食堂のテラス席にお迎えし、事前の打ち合わせのようなものを始める。

ところが、杉ちゃんは、ここにも、姿を見せない。

ジャガーを紹介する時の決まり文句を、大竹さんにも言った。

「こいつ、油絵科なんですよ。四浪ですけど。」

大竹さんはギロリとジャガーを睨みつけて言った。

「サイテーだな。」

ジャガーは、思わず、ひええとばかりに、首を引っ込めた。大竹さんの前では、ジャガーは亀になる。

続いて、ハト沼を紹介した。

「こいつは、一浪です。」

大竹さんは、ハト沼のことも、その強烈な眼力で注視したので、ハト沼は思わず、あわわと、後ずさりしそうになった。

「お前も、アーティストとしてダメだっ。浪人してまで東京藝大に入るようなやつは、その時点でもうダメだっ！」

大竹伸朗さんご自身は、現役の時に東京藝術大学を受けて落ち、武蔵野美術大学に入った。そして、すぐに休学して、北海道の別海町《べつかいちょう》の牧場に住み込みで働き始めたのだという。

そんな大竹さんから見れば、ジャガーやハト沼は、所詮ぬるま湯なのだろう。

なんだか、最初から、空気がピリピリしている。

大きなキャパの第3教室が、それでも入りきれない人の波であふれている。立ち見のやつや、教室の前の方の床の上に座っているやつもいた。大竹伸朗さんが入ってくると、満員の教室全体が、「おお〜」とどよめいた。今をときめく、アート界のスタアの登場。人の波が、感情のウェーブとなる。

大竹さんは、開口一番、烈しい口調で断じた。

「おまえら、分かっているのか！　東京藝大なんて来ているようじゃ、アーティストとしてダメだ、そもそも、美大になんか意味がないっ！」

指を突き出す。目がぎょろり。誰も見返すことなどできない。

シーンと静まりかえる教室。一発、ノックアウト。

カーン、カーン、カーン！

開始一〇秒で、試合終了!!!

大竹伸朗、チャンピオンベルト防衛しました！

東京藝大の学生たちは、みな、なぎ倒されました！

巨大台風の通過した後のように、烈しい、しかしさわやかな転倒感が、教室にみなぎる。

それから、打って変わって穏やかな口調で、大竹さんは自分自身の辿ってきた道を振り返り始めた。

別海町／ロンドン／宇和島《うわじま》。

その語り口は静かだったが、偽りの保護膜から生まれた言葉たちでは決して表せないド迫力と、芸術への、じんわりとにじみ出るような愛に満ちる。

穏やかな、兎の目を見ているのだと油断していたら、いつの間にか、それが、ギラギラとした蛇の眼の輝きへと変貌している。今投げ込まれているのは、そんな油断のならぬゾーンなのだ。

権威とも、大組織とも関係なく、自分の道を追求してきた大竹伸朗さん。絶えざる努力と貫く反骨。そんな生き方をしてきたアーティストだけが持つ説得力。言うことが、いちいちごもっともである。学生たちが、ぐっと惹《ひ》きつけられる。

姿が見えなかった杉ちゃんも、いつの間にか、教室にいた。

教室の中央、前の方に、どっかりと座った杉ちゃんが、じっと腕を組んで、大竹伸朗さんを見つめている。真剣なまなざしで、聞き入っている。

その目に宿る光は、リスペクトか。

講義が終わって、いつものようにジャガーになにがしかのお金を渡した。ジャガーは、「へいっ!」と言って、ハト沼と一緒に自転車で駆け出していった。

大竹伸朗さんを誘って、ゆっくりと上野公園のトビカン前のスペースへと歩く。大竹さんの周囲には、熱烈なるファンの学生たちが群がり、質問攻めにする。今日ばかりは、さしもの藝大生も、美術界のロックスタアのグルーピー。

杉ちゃんは、押し黙って、大竹伸朗さんを囲む学生たちの群れからは少し離れたところを歩いていた。

ハト沼によると、ずっと前から、大竹さんのことをしばしば口にしていたという杉ちゃん。感動のあまり、言葉が出ないのだろうか。

公園の、砂場の横の丸い椅子のところにみんなが集まり、しばらく談笑していると、シャーッ！　と音を立てて、ジャガーの自転車が走ってきた。両側に、大きな白いレジ袋を提げている。缶ビールやら日本酒を飲み込んで、たんまりと内側からふくれている。命のない袋たちも、気のせいか、いつもよりも張り切っているな！　少し遅れて、ハト沼も駆けてくる。

「お待たせしました！」

ジャガーが、レジ袋を置くと、これから始まる愉《たの》しい時を期待して、みんなの顔に太陽が宿る。

地球をめぐる太陽の方は、もうそろそろ隠れようとしているけれども。

「おい、紙コップ！」

真っ先に、大竹伸朗さんのコップにビールが注がれる。

「大竹伸朗さん、素晴らしい講義を、ありがとうございましたっ！」

乾杯が済むと、談笑が始まった。

最初は砂場のあたりにいた。やがて、ブランコのところに行って、しばらくひとりで揺れてみる。

遠目に見ると、大竹伸朗さんを囲んで、学生たちが何やら話している。その中に、杉ちゃんの姿があった。ようやく、大竹さんに話しかける勇気を絞り出せたのだろう。

今頃、自らの内からわき出る熱い思いをぶつけているのだろうか。

しかし、どうも様子がおかしい。なんというか、「絵」としての、見たときの雰囲気に違和感がある。「おや」と思って、ブランコから飛び降りる。感情がざわめき立つ。

近づいていくと、もうすでに「事態」は始まっていた。

杉ちゃんが、大竹さんに、しきりに絡んでいる。その口調が、どうにも尋常ではない。

「お前の作品になんか、興味がないんだよ！」

「なにぃ!?」

「『全景』展とかやったって、意味がないじゃないか！」

「何だと！」

大竹伸朗さんが、仁王のような形相で、杉ちゃんをにらんでいる。杉ちゃんも負けずに、にらみ返している。周囲の学生は啞然《あぜん》として、そんな二人を眺めている。

杉ちゃんが、あれこれと挑発しても、さすがに大竹さん、反論は何もせず、杉ちゃんの決めつけを、黙って聞いている。しかし、その目だけは、猛禽類のように鋭く、不届きな学生をにらみつけている。

空気がひりひりと肌を刺す。体感温度が、数度は下がる。やがて、さすがにもう十分と思ったのか、大竹さんは、すっと杉ちゃんの横を通り抜けて、公園の暗がりの方に歩いていった。

マズイ、このまま怒って帰ってしまっては、講義にお呼びしたホストとして、困る。あわてて追いかけようとした、その時である。

「てめ〜、この野郎！」

突然、大竹伸朗さんが、踵《きびす》を返すと、森を駆ける熊のような勢いで駆け戻ってきた。杉ちゃんが振り返る。大竹さんが、杉ちゃんに猛迫する。これは大変だ、殴り合いになる、と割って入ろうとした、その時である。

あっという間もなく、大竹伸朗さんの右足が、杉ちゃんに向かって蹴り上げられた。キックボクシングの選手がやるように、足が綺麗に上段に伸びた、華麗なるハイキック。

そして、大竹伸朗さんのつま先が、見事に、杉ちゃんが持っていた紙コップをとらえた。

パッカーン！

紙コップは、杉ちゃんの手を離れ、放物線を描いて、夜の上野公園の暗闇の中を飛んでいく。中に入っていたビールが、動く流体彫刻となって、ほとばしる。

その軌跡が、スローモーションを見ているかのように目撃者たちの心のスクリーンに映写された。

「おお！」

周囲の学生たちの口から、ため息とも鬨《とき》の声ともつかない音が漏れる。

蹴り終えた大竹伸朗さんは、さっとすばやく体勢を立て直すと、ポーズを決めて、まっすぐに立ち、杉ちゃんをにらみつけた。視線と視線がぶつかるあたりに、「熱量」が発生する。じりじりと、緊迫感が高まっていく。

やがて、杉ちゃんの方から、そっと視線を外した。

期せずして、拍手が起こった。まるで、カンフー映画の一場面を見ているかのような、鮮やかさ。

大竹伸朗！

スゲー!!

カッケー!!!

カーン、カーン、カーン！

大竹伸朗、チャンピオンベルト、ふたたび防衛!!!!

あまりにも失礼な杉ちゃんの振る舞いに、ハイキック一発で応酬した、大竹伸朗さん。誰がどう見ても、杉ちゃんの完敗。

現時点で、役者が違う。


その後の顚末が、なかなかに大変だった。

人づてに、大竹伸朗さんが、この事件について、非常に怒っているという噂が聞こえてきた。それは当然のことである。何しろ、天下の大竹伸朗に、無名の学生がいきなり因縁をつけたのだ。まったくもって、失礼な話ではないか。

しかも、その怒りの矛先は、無茶をした杉ちゃんと共に、飲み会のいわば学生代表の仕切り役だった、ジャガーにも向けられているようであった。

大竹さんの理屈はこうである。あの飲み会は、講義を主宰した教師の「ショバ」だろう。そんなところで、その弟子が、ボスに恥をかかせるようなことを何でするんだ、また幹事のジャガーが、なぜそのような「乱暴狼藉」を許すのだ？　そのことが、大竹さんとしては許せないと、このようなことらしい。

その次に会った時、ジャガーは神妙な顔をしていた。

「お前さ、大竹伸朗さんに会って、謝ってきたんだってな。」

「へいっ。菓子折を持って、東京都現代美術館に行って、すみません、と頭を下げてきました。」

「大竹さん、なんて言っていた？」

「お前ら、ボスに恥をかかせたんだからな、わかっているんだろうな、としきりに言っていました。」

「許してくれたか？」

「はい、最後はニコニコして、肩をポンとたたいてくださいました。」

「杉原は、あの後、どうしてる？」

「どこかに逃亡したまま、大学でも姿をみかけません。」

「困ったやつだな、杉原。」

「はい。大竹さんも、あの杉原というやつは許せねえ、とおっしゃってましたから、杉ちゃん、もし次に大竹さんに会ったら、半殺しになるでしょうねえ。」

「まあ、杉ちゃん、自業自得だなあ。」

「へいっ！」

「それにしても、あのハイキックは、見事だったよな。」

「へいっ！」

「あの時、大竹さん格好良かったなあ。」

「へいっ！」
「あんな風なアーティストになれたら、幸せだなあ。」
「へいっ！」
「杉ちゃんは、身の程知らずで、そのままトンズラしちゃったなあ。」
「へいっ！」

大竹伸朗さんがゲストの、大荒れの「メモリアル講義」から一週間が経ち、次は、ゲストなしで講義をする番だった。

いろいろと考えたあげく、「科学する心」の話をした。

科学とは、実は、他人の心を思いやることに似ている。科学の正反対は、「無関心」である。たとえば、空の月は、なぜ、そこにあるのか。月なんて何か知らないけど勝手にそこにあるのだろう、と思っていると、科学する心は生まれない。

月の立場になって、ぐるぐると地球を回っているところを想像してみる。すると、月は実は地球に向かって落ち続けているのだという万有引力の法則が、なんとはなしに見えてくる。

秋の野に、カマキリがいる。いきなり、大きなカマキリがこの世に登場したように見えないこともない。春の野の、生まれたばかりのカマキリは、ちょこんと小さくて目立たない。

その頃のカマキリは、人間の視界に入らない。だけど、ちゃんと生きている。

カマキリなんて、何だか知らないけれども、勝手にそこにいるんだろう、という無関心からは、科学は生まれない。自分が、卵から孵《かえ》ったばかりのカマキリの幼虫だと想像してみる。大変身体が小さい。では、その小さな身体で、一体何を食べればいいのか。秋の野を行くでっぷりと大きなカマキリに至るには、ずいぶんとたくさんのものを食べなければならないだろう。命は、なんとか、つながって行かねばならぬ。その、食べ物の「わらしべ長者」を想像してみるのが、科学というものである。実際には、カマキリは、小さな時にはアリマキなどを食べているらしい。

魚なんて、川に勝手に泳いでいると片付けてしまうのではなくて、魚の立場になって想像してみる。大雨が降って、増水した川で、魚はどうしているのか？　どうやって、ざーざーと急流化した川で、自分の居場所を保つのか？　川底の小石の下に隠れる？　あるいは、よどみを探す？　ひょっとしたら、そのまま、川下に流されていってしまうのかもしれない。そうしたら、また、川上に向かって必死になってさかのぼっていくのだろうか？　もしくは、そのまま流された先の川下で暮らし始める？　だとしても、環境が激変してしまった中で、どうやって生きていく？

他人の心を思いやる働きを、「心の理論」という。自分が他人の立場だったら、と考えてみるのだ。すべての動物の中で、人間だけが、「心の理論」を持っていると考えられている。もしかしたら、人間が、ここまで科学を発達させてきた背景には、「心の理論」の普遍的な働きがあるのかもしれない。人間は、宇宙という大いなる絶対的他者の「心」を、推定しようとしているのだ。あるいは、哲学者スピノザの、万物に神が宿っているという「汎神論」に従うのならば、人間は、「神の意志」を推し量ろうとしているのだ。

講義が終わったあと、ハト沼と上野公園の中を散歩しながら、話した。

「最近は、どんな制作しているの？」

「ぼ、ぼ、ぼくは、やっぱり、こ、この公園で、ハ、ハトを追いかけていて。」

「じゃあ、卒業制作も、ハトでやるの？」

「は、はい。」

「あの、ハトが、空間の中に配置されている作品、好きだよ。」

「あっ、あ、ありがとうございます。で、でも、す、少し新しい方向を探りたいと思って。」

「あっ、そうなのか。」

ハト沼は、普段は豆鉄砲を食らったような顔で、何も考えていないようで、実は真剣に芸術を探っているところがある。藝大生は、結局、芸術に関してはまっすぐだ。

「それにしても、杉ちゃん、大竹伸朗さんにあんな風に喧嘩売るんだから、よっぽど自信があるんだろうなあ。」

「そ、そうですねえ。でも、す、杉原くんは、前からあんな感じですから。」

「バンカートのパフォーマンスは面白かったけれどね。」

「ぼ、ぼくは、す、杉原くんの造形作品は、び、微妙だと思います。」

「そうなのか？　微妙だと思っているのに、ビデオ撮影手伝っているのか？」

「は、はい、お、お互いさまですから。」

「卒業制作の杉ちゃんの作品、見るの、楽しみだな。」

「ぼ、ぼくは、あ、あんまり期待できないと思っています。」

「しかし、そんなこと、もし杉ちゃんの前で言ったら、たいへんなことになるんじゃないのか？」

「い、いや、杉原くんは、ぼ、ぼくたちのことなんか、最初から相手にしてないですから。」

「ハト沼は、そもそも、杉ちゃんのパフォーマンスは、どう思っているの？」

「び、微妙だと思います。」

残暑が次第におさまってきて、セミの声はすっかり消えた。吹く風に、涼しさから、やがて寒さを感じる、そんな夕べがゆっくりと色濃く暮れていく。

それとともに、東京藝大の学生たちの表情が引き締まってきた。

みんなの卒業が近づいてきたのである。進路が決まったやつも、決まっていないやつも、それぞれの「未来」を、思い描いていた。

そして、彼らの胸の中では、一様に、「卒業制作」という大きな課題が、くろぐろとした影を投げかけていた。講義が終わって、上野公園で飲んでいても、「卒業制作」の話題を口にしていることが多くなっていったのだ。

卒業制作で最優秀の作品は、大学によって「買い上げ」になるという。それは、アーティストとしての将来が有望であるということの証である。また卒業制作展には、小柳や小山《こやま》、白石《しらいし》、ミヅマ、山本現代《やまもとげんだい》といった有力なギャラリーの関係者が、将来の所属作家という「玉」が、凡庸な作品群という「石」の間にキラリと隠れていないか、探りに来ることもある。

もちろん、小さな頃から、芸術を志す自分を応援し、支えてきてくれた家族や、大切な友人たちも見にくる。

卒業制作は、学生たちにとって、アーティストになるという「芸術の夢」をふくらませる、大切な現場なのだ。

秋の気配が感じられる。学生たちが、卒業制作にいよいよ本格的に取り組み始める。

そんな大切なタイミングで、学生たちの願いが叶った。福武總一郎さんが、ついに講義に来てくださった。直島に行った話をして以来の、ラブコールに応えて、忙しいスケジュールを縫って来てくださったのである。

講義が始まると、福武さんはいきなり、「東京なんてキライだ」と叫んで、学生たちの度肝を抜いた。それから、「東京の真ん中の、こんな芸術大学で学んでいても、アートのことなんかわかりはしない！」と断じた。

それから、福武さんは、芸術に対する、自分自身の熱い思いを語り始めた。かつては精錬所の排煙ではげ山になっていた直島を、アートの力で、そこを目指して日本中から、いや世界中から人が集まってくる場所にしたこと、展示されている一つひとつの作品、一人ひとりのアーティストに込めた福武さんの思い。

「公立の美術館だと、作品選定など、どうしても総花的になってしまうんです。とりわけ、現代アートの作家を収蔵するのはなかなか難しいと言われている。その点、個人の思いがかたちになった地中美術館は、特色を出すことができるのです。そもそも、アートというものは個の思いが結実したものであり、最大公約数を求めるものではありません。それに対して、東京や、東京藝大のようなところは、最初から中心や、最大公約数を求めすぎるんじゃないのかな。」

教室を見渡すと、下を見てシュンとうつむいている学生が多かった。目を合わせることができないでいる。心当たりが、ありすぎるのだろう。

講義が終わった後、福武さんの周りには学生たちの人だかりができた。福武さんを囲む学生たちの波が、いつまでも途切れないので、ジャガーとハト沼に目配せして、なにがしかのお金を渡し、「いつものように宴会の準備をしてくれ」と言った。ジャガーは「へいっ!」と短く応えて走り出し、ハト沼は「あああ、ああ」と意味不明の音を発しながら、ジャガーの後を追っていく。

「えー、ここから先は、上野公園でやりましょう! トビカン前に集合!!」

学生たちに、そう声をかけ、「福武さん、こちらへ」と言うと、福武總一郎さんがまず歩き始め、それに釣られてみんなが動き出した。

夏に比べたら、太陽は弱々しく短命だ。もうすっかり日が暮れている。

福武さんが、砂場の横の丸い椅子にどかっと腰を下ろす。その周囲に、熱心な学生たちの輪ができる。

さーっと音を立てて、ヘッドライトを灯したジャガーとハト沼の自転車が帰ってきた。タン！　しばらくおいてまたタン！　と到着するそのリズムはスタッカート。

ふと足元を見ると、上野動物園の入場券が小石の横に落ちている。ダンゴ虫が一匹、その上を這い始めて、すぐにはっと引き返した。

気付かないうちに、生命の時が刻まれている。そして、二度と戻らぬ。

「福武さん、すばらしい講義をありがとうございました。かんぱ〜い！」

みんなで飲んでいるうちに、いつの間にか、福武さんが、砂場の横の丸椅子の上に立っていた。肌寒いほどだというのに、腕まくりをしている。目がランランと輝いている。これはどうやら、即席の「アジ演説」が始まるらしい。気配を察して、公園のあちらこちらに散らばっていた学生たちが集まってくる。

現代アートにおける生ける「レジェンド」、福武總一郎の「静聴せよ！」を、聞き逃すわけにはいかない！

公園の暗がりの中、福武さんの顔が、灯火に照らし出されて鮮やかに浮かび上がっている。まるで、今宵、上野公園が固有の意志を持ち始め、みんなのヒーローに照明を当てたかのようだ。

福武さんは、語った。

「大衆を鼓舞し、先導し、この素晴らしい国を創るために、アートは存在するんだっ！　下手くそな画学生よ、君たちの芸術には、本当は、世の中を変える力がある。それほどアートは、人を煽動する、そして洗脳する、そんな力がある。君らは、アーティストになりたいのか、それとも、作品を通して、世の中を変えたいのか。お前らはこの世の中をよりよいものに変えるために、どういうポジションを、目指そうとしているのか。今日は、私はそれが言いたいがために来た。しかし、あの、東京藝大の教室という、オフィシャルな席では絶対に言えない。だから、こういう席で、こういうことを言うのが、私の、最後の、未来への遺言なんだよ、諸君！」

期せずして、拍手が起こり、笑い声がこだまする。

「イイゾイイゾ、福武總一郎！」

「直島万歳！」

「ベネッセ万歳!!」

「赤ペン先生万歳!!!」

おいおい。

笑い声が起こる。木々が夜風にさざめく。うっとりするような陶酔が、公園を包む。

福武さんの口調は、次第に、ふんわりと、やさしく語りかけるようになってきた。

「だから、芸術ってほんとうに面白いんですよ。それくらい、芸術は、大衆を主体化させる力を持っているということなんだよ。一人の画学生が、世界を揺るがせたっていいじゃないかっ。面白いだろ、アートって。下手くそな画学生諸君、君たちの将来に乾杯！」

夜の上野公園、トビカン前の広場！

奇跡の演説!!

魂の、根底からの、揺さぶり!!!

杉ちゃんも、今日ばかりはおとなしく聞いている。

次第に肌寒くなる風の中、福武さんを取り囲む学生たち。周囲の草むらから、秋の虫の音が聞こえる。

「先生、福武さんを呼んでくださって、ありがとうございますっ！　やります、ぼくたちは、必ずやります！」

すっかり酔っ払って顔を真っ赤にしたジャガーが、いつもに輪をかけて「前のめり」になっている。ハト沼もまた、菜穂子ちゃんと、何やら熱く話している。

東京藝術大学のキャンパス。翌日の昼下がり。

「世の中に、福武さんのような人がもう少しいれば、オレたちも、もっと希望がわいてくるよな。」

学生たちが、そんなことを喋りながら、通り過ぎる。

誰だって、「何ものか」になりたいのだ。美術史に名を刻むような作家になりたいのだ。

しかし、その希望の実現は、福武さんのような、自分たちの芸術の本質を理解し、世界のステージへと「引き上げて」くれる「誰か」の存在にかかっている。

アーティストは、嗚呼、哀しいことに、靴紐を自ら持ち上げて空中浮遊することなど、できないのだ。

それが、たとえ頼りない蜘蛛の糸だとしても、天上から下がっている銀の線に見えさえすれば、それに飛びつかずしてどうするというのか。

ああ、ありがたや、福武總一郎。かの大人《たいじん》のような芸術の理解者が、この世に、もっといるならば!

ジャガーは、今日となってはすっかりしらふで、「へいっ、へいっ、へいっ!」とリズムをとって、隣を歩いている。向こうから、ハト沼がぼんやりと白いはんぺんのような顔でやってきて、「ああ、植田くん」と言っている。

相変わらず菜穂子に選んでもらっているのか、今日も、ハト沼の服装はアシンメトリーだ。

秋の刻は、その進行が釣瓶落とし。いつしか月が替わって、再び講義日。

美術学部中央棟に向かうと、学生たちが書いた下手くそな文字の看板が掲げられていた。

「荒川修作《あらかわしゅうさく》きたる！！！！」

びっくりマークが四つもあるのは、それだけ、感激と期待が大きい、ということなのであろう。

そう、今日は、荒川修作さんが、講義に来てくれるのだ。福武總一郎さんから荒川修作さんへの「黄金のリレー」は、東京藝術大学の学生にとって、芸術の「盆と正月」が一緒に来たようなものだろう。

荒川さんは、現代アートにおける、生ける伝説！　アーティスト、建築家、そして詩人であるマドリン・ギンズさんをパートナーとし、ニューヨークで長く制作を続け、故郷日本では、「養老天命反転地《ようろうてんめいはんてんち》」という、現代アートの発想に基づくびっくりぎょうてんの遊園地を創った。この遊園地は、まさに、奇想天外な構造をしており、訪問者はヘルメットをかぶることを推奨され、それでも時々怪我をする人が出る。大人は、子どもを一緒に連れていくと、何をするかわからないから目が離せないという、とんでもないところである。

これぞ、現代アートだ、トンデモ上等だ！　そこのけそこのけ荒川修作が通る！

そして、三鷹《みたか》天命反転住宅は、荒川さんの「独創的な思想」に基づき設計されたもの。何しろ、部屋の中に一切平面がない。床はごつごつ、斜めに傾いているし、ゆったりと座るところがない。とにかく歩きにくく、住みにくい。しかし、それがいいのだと、荒川さんは言い切る。

「文明が創り上げげた、平らな床の、まっすぐな柱の家に住んでいるから、人間は死んでしまうんだっ！　バリアフリーなんて、くそ食らえだ！　人間は、そんなところで安穏と暮らしているから、死んでしまうんだ。この住宅で暮らしてみろ！　絶対に死なないから。このオレも、永遠に生きるんだから！」

かつて、荒川さんは、三鷹天命反転住宅で、テレビの収録中にそう叫んだ。

そんな、とんでもない、現代アートの「宇宙人」が、東京藝術大学のキャンパスにやってくる！

これはもはや、火星人襲来！　講義というかたちをとった、芸術のウッドストックだ！

「こんにちは〜どうも〜。」

荒川修作さんは、そよ風のように軽く、蝶のように颯爽と大浦食堂にやってきた。荒川さんを心から尊敬し、慕っていることがその行動から伝わってくるスタッフたちが、ぴったりと寄り添っている。

巨匠、ついに、第3教室の黒板の前に立つ！

満員の学生たちに対峙するとき、見えない洞穴からゴオゴオと冷たい風が吹き出てくるような、威圧感が伝わってくる。

「お前たち、いいかっ！」

いきなり、学生たちに向かって吼えた。

「こんな教室、爆破しちまえ！」

オオーッ！

学生たちの間から、起こるどよめき。

「こんな大学、存在しても意味がないから、お前ら、みんな、ぶっこわしてしまえ！」

ウウーッ！

「アーティストにとって、美術大学なんて、意味がないんだ。ましてや、こんな、東京藝術大学なんて、通ってもしょうがない学校に、お前ら、よく頼まれもしないのに来ているな！今すぐ、この校舎、自分たちの手で爆破しちまえ！」

ウワーッ！

挑発され、学生たちも、人間のふりばかりはしていられない。もはや、オランウータンだ。ゾウだ。いや、もっと訳のわからない生きものだ。とっぱらって、感覚で、反応しちまえ！

人間動物園を前に、行われる、即興のセッション。

荒川さんの口から、つばがものすごい勢いで飛び散っていった。

びゅっ、びゅっ、びゅっ！

聖なる花火のように飛散する、荒川修作のつば。椅子からあぶれて前方の床に座り込んでいるやつらもいて、そいつらにも、飛沫がモロにかかっていたが、誰もそんなことを気にはしない。

やがて、本人も、喋る度に、口からつばが飛んでいっていることに、気づいたようであった。それで、控えるどころか、むしろ、額《ひたい》にかかっていた髪の毛をわきによけると、勝ち誇ったように叫ぶ。

「いいかっ！　オレが吐く、このつば一滴の中にも、何十億、何百億というバクテリアがいるんだ。命なんて、至るところにあふれているんだよ！　死ぬなんてことは、意識にとらわれた、個体の勘違い。オレたちは死なない！　みんな、一人残らず、オレたちは死なないんだよ！　少なくとも、オレは死なない！　見てろよ。オレは、宇宙が終わるまで、いや、宇宙の寿命が尽きても、永遠に生き続けるんだ！　オレは生きるんだよ！　ざまあみろ！」

教室中の空気が、ふわんと揺らいだ。

「人よりも、細い自動車をつくれ！　それくらいの発想を、持てよ！」

イエア！

「オレは、本気で銀行強盗をするんだ。ビル・ゲイツとか、いろいろなところに芸術をするから金をくれと手紙を送っても、返事が来ない。だから、もうオレは、本当に銀行強盗するんだ！」

ダアー！

伝説の芸術家は、生命の荒れ狂う奔流そのものと化した。

気がつくと、いつの間にか、荒川さんを見つめるその視界が、にじんでいた。

あれっ、おかしいな。

講義が終わったあと、ジャガーが、顔を上気させ、神妙な顔つきで言った。

「握手した時に、手が豆腐のようにやわらかかったんですよ！」

東京藝術大学、第3教室に襲来した、荒川修作という「嵐」。

人生というもの、時々は、存在の根底からしてなぎ倒されないと、生きているおもしろみがない。

ねえ、芸術の神さま、そうでしょう？　でも、ヤリスギには、気を付けないとね。

もはや、冬の走りと言っても良いだろう。日が沈むのが次第に早くなる。キャンパスのあちらこちらで、制作にいそしむ学生たちの姿が見える。

荒川修作さんは、こんな大学は爆破してしまえ、とアジったが、学生たちは、それもまた「上等」とばかり、芸術の炎を胸に燃やしつつ、しかし、とりあえずこの夕べは、日本における芸術の最高峰の大学で、自分たちの手元の「今、ここ」の作業に集中している。

大浦食堂は、オアシス、憩いの空間である。上にガラス張りの天井があるテラス席は特にお気に入りで、講義の前に、そこに座って、大浦おじさんが差し出すライスカレーを食べるのは、至福の時である。そうやって時を刻んでいると、食堂前を行き来する学生や、関係者の姿が自然と目に入ってくる。大学とは、本来、そのような「場」のことであろう。

その日、正門から入り、大浦食堂の手前にある藝大美術館のところまで来た時、壁に一枚の「貼り紙」がしてあるのに気付いてハッとした。そこには、大きな文字で、次のようなことが書かれていた。

「昨夜、大浦食堂の天井に、土砂や椅子が持ち上げられるという事案が発生した。芸術表現として行ったものと思われるが、大学として、許容できる行為ではない。実行した者は、すみやかに名乗り出るように。

東京藝術大学総務課」

そのまま、大浦食堂に向かって歩いていった。そして、ぼんやりと、テラス席の椅子に腰掛けた。座ったままで、大浦食堂のガラス張りの天井をじっと見つめた。しかし、その限りにおいては、普段と何も変わりがないように見えた。

最初にやってきたのは、ジャガーだった。気のせいかもしれないが、まっすぐにこっちを見ずに、「あっちの方」を向いて歩いて来ているようだ。

「あのさ、ジャガーさ。」

「へいっ。」

「お前、元気か?」

「へいっ。」

ジャガーは、前の席に座ったが、やはり目を合わせずにうつむいている。何だか、おかしい。絶対に、根本的におかしい。

「お前さ、何か、やったか?」

「へいっ。やっておりません。」

「やらなかったのかっ?」

「へいっ。」

「あのさ、大学が、大浦食堂の天井がなんちゃらと、貼り紙しているじゃん。」

「へいっ。」

「あれ、ひょっとして……」

「へいっ。私では、ありません。」

「じゃあ……」

そう言いかけたところに、杉ちゃんとハト沼がきた。杉ちゃんは、テーブルの横に突っ立ったまま、曖昧な感じで笑っている。一方、ハト沼は、杉ちゃんの横にいつものようにぼうと立っている。

「まさか、杉ちゃんとハト沼が？」

ジャガーが、頷く。

「そ、それに、て、寺町《てらまち》くんが。」とハト沼。

「寺町！」

その名前は、少し意外だった。

寺町健《たけし》は、講義が終わった後、上野公園トビカン前での飲み会によく来ているやつで、他大学の学生だった。つまり、「もぐり」である。トライアスロンをするのが趣味で、日に焼け、筋肉質の、引き締まった身体をしていた。

　ということは、杉ちゃん、ハト沼、寺町の仕業か！

　今回の件の「下手人」が発覚したところで、講義が始まるまでは、まだ少しある。

「おい、向こうに行こうぜ。」

　先に立ってさっと歩き始めた。杉ちゃん、ハト沼、そしてジャガーがついてきた。大浦食堂からは茂みが邪魔して直接見えない、美術学部中央棟の近くまで三人を連れていく。このあたりならば、人通りが少ない。間髪を入れず切り出した。

「おい、お前ら、どういうことなんだ？」

「いやあ、杉ちゃんと、ハト沼、それに寺町がですねえ……」

　ジャガーが口を開いた。

　杉ちゃん、ハト沼の二人が交互に話す。断片が集まって、徐々に「ジグソーパズル」の「ピース」がそろっていった。

　要するにこういうことだ。

　昨日の夕方頃、東京藝大の構内でジャガー、ハト沼、杉ちゃん、それになぜか「もぐり」の寺町がふらふらしている時に、突然、誰ともなく、「明日先生が講義に来るから、何かやって驚かそうぜ！」と言い出したのだそうだ。それから、何をやったらびっくりするかと、いろいろと智恵を集めたという。

まずは、道を隔てて並ぶ東京藝大の「美校《ビコウ》」と「音校《オンコウ》」の間の横断歩道の隙間を、白で埋めようか、ということになった。杉ちゃんやハト沼は、ドン・キホーテに行って、白いテープを大量に買った。しかし、結局取りやめになった。大方、夜でも車の通りが案外あるし、面倒くさいということになったのだろう。

東京藝大の構内には、大学に関わってきた「偉人たち」の銅像がある。そこで次に、銅像を掘り返して倒そう、と思いついたのだという。

杉ちゃんが、烈しくこう言った。「あいつら、そんなに偉くもないのに、銅像なんかになりやがって。腹が立つから、掘り返しちゃおうぜ。」

ハト沼は、杉ちゃんの勢いに押されつつも、「そ、そうだね」と同意せざるを得なかった。杉ちゃんの暗黒の勢いに、対抗できる者はまずいないのだ。

まずは、ハト沼ならではの、ファンタジーな発想で、岡倉天心《おかくらてんしん》の銅像を「ふわふわ」させようと、ポップコーンを周囲にまいた。これは大失敗。鳩さえ一羽も来なかった。当たり前だ。いつもぽっぽ、ぽっぽやっている割には、ハトの動物行動学と、基本的な力学がわからないらしい。

次に、絵画棟の前に立っている安井《やすい》曾太郎《そうたろう》の銅像を倒そうとした。ところが、どんなに掘っても、さすがに安井先生の銅像は基礎がしっかりしているのか、底が見えてこない。それでも、杉ちゃんは諦めずに掘っていたのだけれども、ハト沼と寺町が先に音を上げた。

さてどうしよう、と考えていて、今や銅像の横に大量に盛り上がっている土砂に気づいた。「せっかくここまで掘ったんだから、この土を、何かに使おう。」そこで思いついたのが、大浦食堂のガラスの天井の上に、「泥の川」をつくること。

ズダ袋をどこからか見つけてきて、その中に土砂を入れて、大浦食堂まで運んだ。それから、どうやって天井に上がろうか、ということを思案した。三人寄れば文殊の悪知恵、自動販売機の上に乗って、さらに「三ステップ」で、ようやくガラス天井の上に立つことができた。

杉ちゃんが、縄文原人の本領を発揮、「うりゃあ」とばかりにズダ袋を天井のところまで引き上げ、それから、くねくねうねる「泥の川」をつくったのだという。それを見て、ハト沼は、「ん、ド、ドローイングっぽい、ぼ、ぼくと距離がでたなぁ、ああ、アートっぽくなっちゃったなあ」という、謎の感想をもらしたのだという。

しばらく眺めていたハト沼と杉ちゃんは、「それだけだと、絵画的に何かが足りない」と感じたらしく、今度は、大浦食堂の椅子と机を、ガラスの天井の上に置くことにした。寺町は筋肉質だから、そういうものを上げるのは得意で、三人でうわーっと上げて、ついに、

『泥の川、椅子と机』のインスタレーションが、大浦食堂のガラスの天井の上に完成したのである。

「終わったなあ」と、三人で喜んで、自動販売機のところから降りて、ほっとしている時に、突然、懐中電灯でパッと照らし出された。警備員が、見回りに来たのだ。

「やばい！」

一目散に逃げ出したが、杉ちゃんの逃げ足が一番だったそうである。「す、杉原くん、め、めっちゃ速かったなあ」とあとでハト沼が感心した。

三人は、そのまま絵画棟に潜んで休んでいたのだけれども、朝になって周囲が明るくなってきたので、記録映像を撮るために杉ちゃんがビデオカメラを持って大浦食堂のまわりをうろついている時に、「何をしてる！」とまたもや警備員に見つかり、追いかけられたのだという。

逃げる時、絵画棟に入るのが見つかってしまったので、これは学生である、ということがばれてしまった。しかも、杉ちゃんの人相風体も、しっかり見られてしまった。

絵画棟は、油絵科の専門課程になると、学生たちが共同使用のアトリエを与えられる建物で、めぐまれた環境の下で制作に取り組むことができる、いわば学生たちにとっての「安全基地」である。

あたりがすっかり明るくなると、大浦食堂のガラスの天井に泥の川が出来ていて、椅子やテーブルが上げられていることが、明らかになった。そして、誠に残念なことに、天井の上の「作品」は当局によって即座に撤去され、杉ちゃんはそれをビデオカメラで記録することには失敗してしまったのだった。

「そ、そういうことだったのです。ス、スミマセン」と説明を終えるハト沼。黙って足で土をコツコツ蹴っている杉ちゃん。うなだれて突っ立っているジャガー。

「お前たち、あのなあ」とあきれて、あとは笑うしかなかった。

「ところで、お前は何をしていたんだ?」と聞くと、ジャガーは、情けなさそうな顔をした。銅像を掘り返すから手伝ってくれ、と言われて、午前零時に正門のところに来る約束をしたものの、つい、アトリエに帰ってうとうと眠ってしまったのだという。

「はっと気づいたら朝になっていまして、あわてて大学に来たのですが、間に合いませんでした。」

「そうだったのか。」

「へいっ。撤去される前の、大浦食堂の天井の様子は見たのですが。」

「泥の川は見たのか。」

「へいっ。」

「しかし、今回の芸術行為には、参加できなかったのか。」

「へいっ。」

「うーむ。」

よくない行為に参加しなかったジャガーを褒めていいのか、作品に参加しなかったとは何事だと、叱咤《しった》しなければならないのか、よく分からなくなってしまった。

「お前ら、とにかく、目立たないように、おとなしくしていろよ！」

声を落として、改めて茂みの周りの人の動きに目を配った。

「とにかく、まずは普段通りに、講義だ。」

なんとなく、気もそぞろのうちに、時間が過ぎた。

講義が終わって、ジャガーに、「いつも通りやろう」といって、お金を渡した。やつめは、「へいっ！」と言って、自転車を飛ばしていった。ジャガーは、やがて、いつもと変わらないような調子で、両側にビールやチューハイが入ったレジ袋を提げて戻ってきた。ハト沼も、普段よりは少しヨレヨレな感じだったが、ジャガーの後を小走りに追ってきた。

その日は、トビカン前のいつものスペースで飲んでいても、何とはなしに気分が落ち着かなかった。大学当局による「犯人捜し」は続いており、警備員の目撃した人物の風体や、普段の言動などから、いかにも杉ちゃんが怪しい、杉原ならばそういうことをやりそうだとにらんだ助教の先生から、各方面にも探りの触手が伸びているようだった。

東京藝大という巨大組織が、犯人捜しの大蛸になって、吸盤のある足をクネクネ伸ばしてきているのだ！　万が一吸い付かれてしまったら、これは、エライことだ！

ハト沼にも、「お前、杉原から何か聞いていないか」という問い合わせがあったという。それで、ハト沼はずうずうしくも、「よ、よかった。す、杉原くんは疑われているけど、ぼ、ぼくは疑われていない」と思ったのだそうだ。

また、トビカン前の飲み仲間の中では、津口在五にも、ほぼ同世代だが、彼はすでに助教だから、大学のスタッフの一員として、「何か知らないのか」と問い合わせが来たらしい。それでも、津口は「何も知りません」とシラを切ったらしいのである。

気になるのは、あの、東京藝大のことならば、学生の名前から教員の講義スケジュールまで、すべてを見通しているのではないかと言われている、「大浦おじさん」の動向だった。あの人物ならば、独自の情報網を駆使して、すぐにも今回の事件の真相や、犯人を暴いてしまうのではないかとも懸念された。それでも、トビカン前の飲み会の下馬評では、大浦おじさんは大学当局よりもむしろ学生の味方なのではないかという楽観的な見解も聞かれた。

大浦おじさん、頼むよ！　東京藝大が、大蛸と化して、吸盤だらけの足で迫ってくるのを、前に立ちはだかって、学生たちを守っておくれ！

飲み会には、「犯人は犯行現場に戻る」との言葉通り、寺町もやってきた。寺町は、しばらく見ない間に、眼鏡をかけた修行僧のような顔になっていた。「お前、やったのか」と尋ねると、「はい、やりました」と、悪びれもせずに答えた。杉ちゃん、ハト沼、寺町が並ぶと、まるで、逃走中の指名手配犯のようで、思わず苦笑いしてしまうのだった。決してめでたいわけではないから、乾杯するわけにも行かない。仕方がないから、三人を並ばせて、記念に「手配写真」を撮り、それから幻と消えた三人の作品に、献杯した。

「大浦食堂事件」から二、三日のうちは、杉ちゃんが呼び出されるんじゃないか、ハト沼が聴取されるんじゃないかと、さまざまな情勢をジャガーを通して探っていた。そんな不安は、時間が経つにつれて、「だいじょうぶらしい」という安堵へと変わっていった。

どうやら、大蛸の足クネクネも、おさまってきたようだ。

何しろ、土砂や椅子や机を大浦食堂のガラスの天井の上に載せてしまったこと自体については、もちろん迷惑行為であるからけしからんことだし、それを元通りにするために手間をかけてしまった方々に対しては申し訳ないが、結果として実害はなかったわけだし、「藝術大学」としての精神に反すると言えなくもないので、つまり、そういうことなのだろうと有《う》耶無耶《やむや》になっていった。

次の週の講義の前に、大浦食堂の横を通ったら、「芸術表現として行ったものと思われるが」の貼り紙はなくなっていた。大いにほっとした。これで一件落着、というわけではないけれども、とりあえずは当局の追及はおさまりそうだ、杉ちゃんも無事に逃げおおせそうだと思った。

一難去ってまた一難。ほっと安心しようとしても、そうは問屋が卸さない。

何をしても、「やらかして」しまう、存在自体が「やらかし」とも言える杉ちゃん。連続やらかしで、こっちの気持ちはアップダウンのジェットコースターだ。

そんな杉ちゃんと対照的なアーティストが、内藤礼さん。

直島で見て感激した、「きんざ」のインスタレーション『このことを』。小さなもの、密かなものに祈りや力を込める呪術的な表現。この世に、もし「パワー」（力）と、「インフルエンス」（影響）という対比が許されるならば、内藤礼さんは、パワーではなく、インフルエンスを持った人だと言える。それは、作家として、これ以上望むものはないと言っていいほどのことだろう。

「大浦食堂事件」の記憶が、そろそろ薄れかけるかというようなある日、内藤礼さんが東京藝大に来てくれることになった。学内である小さなイベントがあって、それへの参加も目的として、来校することになっていたのである。

「なんでヤノベケンジなんだよ」と反発していたドレッドヘアのお兄ちゃんも、内藤礼さんのことは好きなようだった。杉ちゃんは、彼に輪をかけて内藤礼さんにベタ惚れだった。小柄で、ほっそりとしていて、もの静かな内藤礼さんが東京藝大のキャンパスに現れたら、美術学部中央棟の二階から、「うりゃあ」と飛び降りて、また足をボキッと骨折してしまうのではないか、そんな風に思えるくらい、ぞっこん惚れ込んでいた。

しかし、その日、杉ちゃんは、内藤礼さんの前に飛び降りることも、足を折ってしまうこともなかった。

なぜかと言えば、杉ちゃんは、土の中に埋まっていたからである。


その日、内藤礼さんと大浦食堂の前で待ち合わせた。ジャガーはいたが、なぜかハト沼は姿を現さなかった。

「起立、礼、内藤礼！」

そんな下らない冗談を言っても、内藤礼さんは春の野のタンポポのように笑っているだけで、やさしい肩すかしをされたような気持ちになるのだった。

そこに、ハト沼がどんよりと暗い顔をしてやってきた。

「おお、ハッスン！　何をしていたの？」

ジャガーが声をかけた。

「い、いや、す、杉原くんが……」

「杉ちゃんがどうしたの？」

「べ、別に、な、なんともないと言えばなんともないのですが。」

ハト沼の言うことは、どうも要領を得ない。わけがわからないのはいつものことだが、今日は特に要領を得ない。

「とにかく、行ってみよう。」

ジャガーをまず立たせ、「もし良ければ、蓮沼くんとあっちに行ってみませんか？」と声をかけると、内藤さんは頷いて、立ち上がった。


「こ、こっちです。」

ハト沼が、三人を連れていったのは、美術学部中央棟を横切って、左手奥の方にいくあたりにある、木立の中だった。「大浦食堂事件」発覚の後で、すかさず杉ちゃん、ハト沼、ジャガーを連れて逃げ込んだ、人通りの少ないエリアである。あれ以来、その場所を通る度に、なぜか、「原罪」とでもいうべき、後ろめたい気持ちにとりつかれるのだ。

もともと、その日は、日本と韓国のアーティストが共同参加する「日韓交流アートフェスティバル」という小さな展覧会があるとは、聞いていた。そこに、杉ちゃんもまた、作品を出しているらしい、とも伝えられていた。

ハト沼が、「こっちです」と連れていっているのは、だから、杉ちゃんの作品が「こっちです」という意味だと思っていた。ところが、そうではなかった。ハト沼が、「こっちです」と言っていたのは、文字通り、杉ちゃん本人が、「こっちです」の方に物理的に存在している、という意味だったのである。

木立の中に、むき出しの土が広がっている一角があり、そこに、切り株があった。比較的新しいものらしく、断面の年輪もくっきりと、数えられるくらいであった。

その切り株の横の地面に、杉ちゃんはいた。正確に言うと、杉ちゃんの頭があった。一瞬、ぎょっとした。そこに、生首があるのかと勘違いしたのである。

しかし、もちろん、そんなはずはなかった。

杉ちゃんは、なぜか、地面の中に埋まっていた。しかも、かなり深く埋められていて、頭だけが、地表からぐるんと掘り下げられたそのくぼみの中に、ぽつんと出ていたのである。

内藤礼さんは、「あっ！」と小さく叫んで、杉ちゃんの横にしゃがんだ。そうして、「杉原くん、どうしたの？　だいじょうぶ？」と呼びかけるのだけれども、杉ちゃんは、時々目をギョロッと動かすだけで、一切返事をしない。

くぼみの中にある杉ちゃんの頭は、本当に首から上しか出ていなくて、肩も手も、完全に地面の下に埋まり、要するに身動きが一切とれない状態にあった。頭のてっぺんが、ちょうど、地表と同じくらいの高さになるようになっていて、どうも、そのことに、こだわりというか、主張のようなものがあるようであった。

顔には、例によって「縄文原人」的に、茶色の迷彩が施されていた。

杉ちゃんは、身長が一七五センチメートルくらいあった。ちょうど頭が地表の高さになるくらいに全身を埋めるためには、やはり、身長と同じくらいの深さの穴を掘らなくてはならないはずだった。

杉ちゃんが一人でやったとは、とても思えない。やはり、誰かが手伝ったのだろう。

大方のところ、首から上だけ出して埋まっている杉ちゃんを見ながら、目を大きく見開いて「あああ、ああ」と言っているハト沼が、手伝いをしたのだろう。

それにしても、これは、考えてみれば危険な状態であった。次第に暗くなって来るし、土が崩れたりしたら、息ができなくなる。晩秋から初冬への移行期。日が落ちたら、かなり冷える。そもそも、埋まっている身体の部分が、どんな状態になっているのかもわからない。目を時折ギョロッと動かしているから、元気そうには見えるのだけれども、何しろ、本人は口をきかないのだ。

そのうち、騒ぎを聞きつけて、東京藝大の助教の人がやってきた。以前から杉ちゃんの人となりを知っているらしく、膝をついて、友人に語りかけるように、杉ちゃんにやんわりと声をかけている。

「杉原くん、もういいだろう。出ておいで。君は、これを、芸術表現としてやったものと思うけれども、もう君の気持ちはわかったから、出ておいで。」


その後、どのような経緯で杉ちゃんが土から出てきたのかは知らない。講義も終わり、日がもうとっぷりとくれた頃、上野公園のトビカンの前で、いつものようにみんなで飲んでいると、杉ちゃんが、ハト沼と一緒に、ふらっと現れた。すっかりいつもの杉ちゃんに戻って、何事もなかったかのようにへらへらと笑っている。まるで、健康診断を済ませて、「何も問題ありませんでした！」とばかりにほっと一息ついている人のようだ。おいおい、それはないだろう、杉ちゃん。

そんな杉ちゃんの場違いに天真爛漫《てんしんらんまん》な姿を見て、内藤礼さんは、目に涙をにじませている。心底、やさしい人なのである。

思った通り、杉ちゃんに頼まれて穴を掘り、埋めたのはハト沼だった。「ちょっと手伝ってくれ」と言われて「い、いいよ！」と安請け合いでスコップを持ってきたのだという。

「大変だったろう？」と聞かれると、ハト沼は「い、いや、ど、銅像を掘り出そうとした時よりは、ら、楽でした」と答えた。このあたり、結構、ハト沼はさわやかな向こう見ずだけに、やらかす時はかえって盛大にやらかしてしまう。

杉ちゃんは、案の定、土の中ではまったく身動きができなかったようだ。「あれだけ、どうしようもないとは思わなかった」と、杉ちゃん。その割には案外気楽そうな顔をして、ビールをうまそうにグビグビ飲んだ。

「ハト沼が土をかけはじめた時、やばいと思ったけど、今さら引き下がれないと思った。」

杉ちゃんが、ぽつりぽつりと話す。

「蚊に刺されて顔がかゆくてもかけないのが一番大変だった。」

そんなところに、もう、企て、体験した者だけが持つ「特権」の構造が生まれている。

最初にかけつけてきた助教の人に、教授も加わって「もう十分だろう」と杉ちゃんを説得し、ようやく「掘り出されること」に同意したのだという。怪我などしないように慎重に周囲の土をどけて、最後は引っ張りあげたのだという。

その時、杉ちゃんは、自然に「バンザイ」の格好になったらしい。

「内藤礼さんに見てもらったから、杉ちゃん満足だったんじゃないかな。内藤さんに見てもらって、目的は達したんじゃないかな」とジャガーは言った。

見知らぬ男子学生が、内藤礼さんに、どこからか買ってきた温かいココアを差し出している。

やっぱり、杉ちゃんはこの優しきアーティストに見てもらいたくてやらかしたに違いない。発想が、小学生の男の子と変わらない。


木々の葉が、凄まじい色に染まっている。考えてみれば、それは、生命の最期の景色なのだ。木々の色づきとともに、みんなと過ごす東京藝術大学での日々は、だんだん、残り少なくなってきた。

杉ちゃんが、自分自身を埋めたその次の週の講義で、「幸福」について考えてみた。

第3教室の中は、そこはかとなく落ち着いた空気に満ちていて、色とりどりの服装を選ぶ傾向のある藝大生たちの見かけも、渋い色に包み込まれている。

学生たちに問いかけた。

「幸福と、才能は、似ているところがありませんか。もともと、幸福に関する科学研究においては、こんな論争があるのです。果たして、幸福であるということは、その人の欠陥を示しているのであろうかと。つまり、自分を取り囲む状況をリアルに見ることができる人は、決して、幸福などにはならないのではないか。現実から目を逸らし、自分の置かれている状況を直視しない者だけが、自らのことを幸福と見なすのではないか。実際、賢い人は、時に、自分のことを不幸だと感じたり、この世は涙の谷だと思ったりするようです。昔、アメリカの国務長官に、ヘンリー・キッシンジャーという人がいました。キッシンジャーは、外交的諸問題に対して、賢く、そして基本的に悲観的に向き合いました。キッシンジャーは、決して、幸福ではありませんでした。キッシンジャーは、賢い人でした。」

杉ちゃんも、今日は、普通の顔をして講義に出てきている。

「才能が十全に発揮されている状態は、幸福だと言える。最も高いパフォーマンスを実現しているフロー、ないしはゾーンの状態においては、人間は限りない幸福を感じるのです。長年フローの研究を続けてきているチクセントミハイは、友人の画家が絵を描くことに没頭しているのを見て、フローの概念を着想したと証言しています。」

ジャガーは、相変わらず顔を赤くてかてかさせている。

「一方、人間というものは、根拠もなしに、万能感に浸ってしまうものでもあります。ダニング＝クルーガー効果という言葉を、聞いたことがあるでしょうか？　これは、成績下位者の学生の方が、かえって、自分の相対的順位は高いと勘違いし、逆に、成績上位者は、自分のパフォーマンスについて、控えめの評価しかしないということです。君たちは、苦労して、この難関の東京藝術大学に入り、そして、もう少ししたら、ほとんどの人は卒業していくわけですが、自分自身のアーティストとしての実力を、どのように見ているのか。果たして、自分の作品を、美術の世界でくっきりと立ち上げることができるのか。そのために、足りないものは何か？　欠けているものがわからないと、努力の仕方もわからないのです。君たちは、ダニング＝クルーガー効果の犠牲者となってはいませんか？」

ハト沼は、ジャガーが言うところの、「村上春樹の小説の登場人物のような顔」をしている。光の加減もあるのだろう。

「まとめれば、幸福には、二種類ある、ということです。自分の才能を、最大限に発揮している、フロー、ないしはゾーンの幸福。一方で、自分の足りないところを直視せず、これで大丈夫だと勘違いしてしまう、偽りの幸福。みなさんには、ぜひ、前者の幸福を、目指して欲しいと思います。才能のフルスイングによってしか、到達できない至高の幸福と、才能を小出しにして、送りバントを繰り返すことで、達成される幸福と。君たちは、どっちを選ぶのだろう。」

講義の終わりに、こんなはなむけの言葉を贈った。

「君たちは、水平線から、太陽が昇るのを、見たことがあるか？　太陽の一番上の端が出て、最初は純粋な黄金色だったのが、やがて、まるで線香花火の先のように赤くなってふるえて、やがて、ゆらゆらと、丸い全体が出てくる。水平線上にかかる雲のかたちや、分布によって、千回太陽が出れば、千回様子は違う。ぼくは、君たちは、まさに千回の日の出のようなものだと思っている。一人ひとりが、それぞれなんだ。君たちは、アートの世界で、まさに日の出を迎えようとしている太陽なんだ！　そして、その日の出の景色は、すべてそれ限りだ。君たちの個性を、ぼくは信じている！　あとは、それぞれの無限の青空の中で、思う存分、やりきってくれ！　大空に昇るつもりがジュッと海に落ちて、せっかくの炎を消しちゃだめだぞ！」

いよいよ、卒業の時期が近づいてきた。

卒業制作。それは、一つの大きな試練である。アーティストとしての自分の才能や、積み重ねてきた時間、その他もろもろのすべてが試される。感性の良さ、悪さ、技術のうまさ、稚拙さ、世界観の深さ、甘さ。すべてが露呈してしまう。だから、彼らは、必死に、卒業制作に向き合う。

「真実の瞬間」という言葉がある。闘牛士と牛が、最後のさいご、命のやりとりをするために向き合う、その瞬間を指す。果たしてやるか、やられるか。学生たちは、今、芸術の神さま（たち）と、「真実の瞬間」を迎えようとしていた。

太陽が低い。あまり力がない。上野公園、トビカン前での飲み会も、風が冷たくなってきて、ビールは最初の少しだけで、あとは日本酒とか、ワインとか、そういう身体が温まる飲み物に移っていった。

寒風のせいか、何だか妙にお腹が空いてしまって、誰かが、「宅配ピザ、ここに来るかな」とつぶやいた。それで、「おい、ピザーラに電話してみてくれ!」と言うと、ジャガーは「へいっ!」と調子よく応えて、暗がりの方に歩きながら、「ハイ! 上野公園の東京都美術館の前の、トイレがあって、その横にブランコや砂場がある広場です」などと電話をしていたが、ちゃんと三〇分以内にバイクがやってきて、注文したピザが届いた。

モコモコのつなぎを着たやつが、ピザをほおばりながら、「上野公園は花見客が多いから、その季節によくこういう注文があるんじゃないですか」と言ったが、確かに、そうなのかもしれない。もっとも、こんな、本格的な冬が始まった寒い時期に、上野公園でピザを注文する人は、まずいないに違いない。

一ヵ所にじっとしているのが苦手なので、トイレに行くふりをして、公園の木立の中に消えていってしまう。それで、一周して戻ってくると、みんなは思い思いの場所にいる。

ブランコの上で芸術論を闘わせているやつら、ちょっと離れたところで、深刻そうに話し合う数名。ふらふらと、いい感じで歩いているカップル。飛び込みで参加した編集者に、自分の企画を懸命に売り込んでいる学生。

ふと、ジャガーに言いたくなった。

「あのさ、こういう時間が、ずっとあると思っているだろう。もう、ないぜ。この時間は、二度と戻ってこないんだ。」

「へいっ。」

「居場所というのはさ、ある時は当たり前だけれども、失われるのは、あっという間だからなあ。」

「へいっ。」

「水たまりは、やがて干上がる。日だまりは、つかの間の輝き。」

「へいっ。」

「だから、この光景を、よく覚えておこうな。」

「へいっ。」

実際、その時の上野公園の飲み会が、東京藝大の学生たちとトビカンの前でたむろした、最後の機会となった。

その次の週は、そろそろ忘年会をやろうというので、みんなで根津の車屋に行った。木枯らしがピュウピュウ吹いていて、公園で飲むにはあまりにも寒い。講義が終わってすぐに、車屋に電話した。ちょうど、みんなが飲み会をやるシーズンなので心配してはいたが、幸い、二階の座敷が貸し切りにできた。

「へいっ、へいっ、へいっ！　こちらです。へいっ、へいっ！」

ジャガーが先導して、例によって地元の猫しか行き方を知らないんじゃないかと思えるような裏道をそろりそろり、公園を抜け、細い路地の、「谷根千」の象徴を思わせる井戸のところに出る。

そこからは、徐々に、賑わいの気配に包まれていく。根津の交差点が近づいてくるのだ。

会場は、車屋の、二階。階段を、トントントンと上がると、畳の座敷が広がる。

「おい、ビール！」

「ウーロン茶！」

「最初から、日本酒！」

「へいっ、へいっ、へいっ！」

ジャガーが、注文をさばいていく。

それにしても、今年最後の飲み会だということもあって、随分集まった。

ジャガー、ハト沼、杉ちゃん、津口、阿部ちゃん、藤本、栗田《あわた》大輔《だいすけ》、ドレッドヘアの男、「中田英寿に似た」名取、ユウナちゃん、亀ちゃん、その他、名前と顔が一致しない油絵科や、日本画科や、彫刻科や、その他の面々。

藤田英治先生もまた、顔を出してくださった。

栗田大輔は、最近になって出入りするようになった、評論系の学生である。鋭い意見を吐き、また、実際に作品を制作する画家たちへの愛情も忘れない男だったから、みんなの信頼を集めつつあった。

忘年会は、大いに盛り上がった。柱に背中をもたれて、「今年も終わりだな」と思いながら、そんな学生たちの様子を見ていた。

最初は、卒業制作に向かって、どのようなコンセプトで作品をつくっていくか、みたいな真面目な話をしていた学生たちも、酒が入るにしたがって、そのうちわけがわからなくなってきて、人生だの恋愛だの芸術だの、話題ズブズブの「闇鍋」状態に変わっていく。

そんな話の中には、有名美術作家の名前も、当然出てくる。部屋の端の方では、「杉本博司サイコー！」と叫ぶやつが、「杉本博司サイテー！」と叫ぶやつと、怒鳴り合っている。

ダミアン・ハーストの工房制は、歴史的にどう評価されるべきか、みたいな論争も起きている。

一部の連中は、ますますヒートアップしていく。彫刻科の学生の一人が、大いに羽目を外していた。彫刻科は、ふだんノミや槌、時にはチェーンソーで大きな素材に向き合っていて、そのハガネのように強靭化した身体感覚を、飲み会の場にも持ち込んでしまう。釣り合わないのだ。

つなぎを着て、工事現場から直行したような雰囲気の、彫刻科の学生のひとりが、すっかり酔っ払って、天井に渡してある梁にぶらさがった。そして、ぶらぶらと前後に揺れながら、「オランウータン、オランウータン！」と叫んだ。

「オランウータン、オランウータン！」

梁が、ギシギシと音を立てている。車屋のつくりは、しっかりしているとは思うが、オランウータンがぶら下がっても、大丈夫だという保証はどこにもない。

その謎の叫び声は、類人猿化した自分へのよびかけか、それにしても、おい、やめろよと、そろそろ注意しようとしていた、その矢先。

「あんたたち、少し、静かにしてくれないかね。」

思いもかけぬ方向から、予期していなかった声が飛んだ。

虚をつかれて、声がした方を振り返ると、いつの間にか、座敷の次の間の襖《ふすま》が開いて、白い着物をまとったおばあさんが、こっちを見ている。

「あんたたち、少し、静かにしてくれないかね。」

おばあさんは、もう一度、はっきりとした声でそう言った。

車屋名物、「白いおばあさん」が喋った！　初めて耳にするその声は、驚くほどに瑞々しかった。

「あっ、すみません、本当にすみません」と口々に謝った。ジャガーが、「ちょっとちょっと」みたいな感じで、彫刻科のオランウータンをいさめている。

「すみません、本当にすみません！」

あちらでもぺこぺこ、こちらでもぺこぺこ。

オランウータンは、急にしゅんとして、座敷の隅に毛布のかたまりのようにうずくまる。

みんなが一緒になって、頭を下げていると、やがて、襖はまたするすると閉まって、白いおばあさんは消えてしまった。しばらくそのまま待っていたが、もう、襖は開きそうにもない。

それで、学生たちは今までよりもすこしトーンを抑えて、宴会を続けた。話の内容も、もう少し等身大の、しみじみとした人生の話へと移っていった。

夜が更けていく。

心の中に、一つの絵ができた。

次の間の襖をあけて、布団の上にちょこんと座って、学生たちの方をじっと見ている、白いおばあさんの姿。タッチは、パステルが良いだろう。


新しい年となった。

年明けには、東京藝大の講義は基本的にない。他の用事で、時折東京藝大のキャンパスに出かけて、その際に、学生たちの様子を聞くことが多くなった。

学生たちの、卒業制作作品を展示する「卒業制作展」は、毎年一月下旬に、東京都美術館（トビカン）で行われることになっていた。いつも講義のあとでお酒を飲むのが「トビカン前」だったのだから、これもひとつの縁である。

卒業制作の課題の一つに、「自画像」があった。東京藝術大学大学美術館には、前身の東京美術学校以来の、巣立っていったアーティストたちの自画像が収蔵されている。熊谷守一《くまがいもりかず》、青木繁《あおきしげる》、藤田嗣治、佐伯祐三《さえきゆうぞう》、川俣正《かわまたただし》、千住博《せんじゅひろし》、村上隆、中村政人《なかむらまさと》など、名だたる作家がいる。

青木繁の自画像は、褐色の油絵で、顔の右半分が描かれている。白く光った右目と、ややふくれた唇が印象的だ。三〇歳の若さでパリに客死した佐伯祐三の自画像は、後の「郵便配達夫」などの作品とは全く異なる、まさに古典的な意味での傑作。画面から、煌《きら》めくばかりの才能があふれている。そして、藤田嗣治の自画像では、白い布のようなものを背景に、眼鏡をかけた若者が、確かな技量で描かれたキャンバスの中から、こちらを見ている。

学生たちによって制作される「自画像」は、もう何年も前から、文字通りの自画像を描くのではなくなっている。最近では、拡大解釈、アナロジーで、要するに「何でもあり」となっているのだ。たとえば、道端で拾った石ころが「自分」を表していると思えば、それを「自画像」としてもいいし、あるいは、一つの「数字」を「自画像」としても良い。つまりは、現代美術における「文脈主義」や、「コンセプチュアル・アート」の考え方が、東京藝大の卒業制作における「自画像」の中にも入ってきているのだ。

実際、絵画棟の中で描かれつつあるハト沼の「自画像」は、「上野公園の地図」であった。鳩たちを追いかけるフィールドワークを積み重ねた、その場所の記憶こそが、「自画像」にふさわしいと考えたのであろう。

杉ちゃんは、「自画像」として、鳥かごのようにも、バームクーヘンのようにも見える形を描いていた。この作品について、ジャガーは、「ドイツで、杉原、ドイツ新表現主義のペンクと会ったらしいんですよ。デュッセルドルフ芸術アカデミーで、奈良美智《ならよしとも》さんの先生だった人ですが。どうも、杉ちゃんのペインティング、ペンクの影響があるようにも思えるのです」と評した。

ジャガー自身の自画像は、オーソドックスなもの。普通の意味でのデッサンで、自分自身の顔を描いていた。

そして、ユウナちゃんの自画像は、自身の清楚な美しさをそのまま描き写したような、リアルなペインティングであった。

自画像に加えて、学生たちは、自由なテーマの「作品」をつくる。

そもそも何が芸術であるかは、難しい問題である。自由なだけに、自画像以上に、作品の可能性は広がり、だからこそ難しい。

芸術の自由は世界的な傾向だが、日本にも、太くくっきりと、「自由」を求めてきたアーティストたちの潮流がある。

たとえば、一九五四年に芦屋《あしや》で結成された「具体美術協会」。

中心人物の一人、村上三郎《むらかみさぶろう》は、黒縁の眼鏡をかけ、いかにもダサイ風体で、ドアに張られた紙を飛び込んで破るパフォーマンスを行った。突入の瞬間、肘を曲げるその角度が素敵なのである。村上のパフォーマンスは、芸術史上記憶されるべきものとして残っている。

具体美術協会による、一九七〇年の大阪万博におけるデモンストレーションは、今日見ても胸を甘美にかき乱す。香ばしく、命の気配に満ちていて、そして縛られない。いや、縛られてはいけない。

高松次郎《たかまつじろう》、赤瀬川原平《あかせがわげんぺい》、中西夏之《なかにしなつゆき》の「ハイレッド・センター」の活動。グループ名は、それぞれの名前を英語で（高松の「ハイ」、赤瀬川の「レッド」、中西の「センター」）表し、つなげたもの。彼らは、銀座の中心街に繰り出し、白衣を着て、清掃活動を行った。通行人たちが、「こいつらは何なんだ?」と見る中、街を徹底的に磨き上げたのである。これが、有名な「首都圏清掃整理促進運動」のパフォーマンス。折しも、東京は一九六四年のオリンピックを控えて、ホームレスの人たちを街角から追い出すなど、「浄化活動」をしている頃であった。

ジャガーによると、「ハイレッド・センター」のメンバーの一人、中西夏之さんは、ジャガーが東京藝大に入った頃はまだ大学にいて、教授室で、一人だけ明らかに周囲と違う、独特の雰囲気を醸し出していたという。

アーティストの卵たちは、芸術の「自由」を「空気」のように吸って過ごしている。しかし、その自在の空間から、いかに「作品」という地面に着地するか、その間合いが難しい。日本では、世界から見れば特異な「公募展」が一定の力を持っているという特殊事情もある。

卒業制作とは、ふわふわと空を飛んでいた学生たちが、卒業という大地に着地する、そのランディングの姿勢を競う場なのだ。

いろいろやらかしてきた彼らも、いよいよ、「真実の瞬間」に自らの姿をさらして見せなければならない。

嗚呼、その「具体」の頼りなさ、切なさよ。

心細いね！

ジャガーの「作品」は、女性のヌードであった。『此岸のハナ　〜背景が人物より近くへ人物がより遠くの風景へ』というタイトル。女性は、白いソファに座っていて、様式化された窓の前に描かれている。窓の向こうには、海がある。

ハト沼の作品は、「四コマ漫画」であった。人間くらいの大きさのハトを主人公にした、世界からちょっと身を引いて見たようなユーモアをまぶした、不思議な世界を描いている。

杉ちゃんは、自分の背の高さくらいのオブジェをつくった。ちょうど人が入れるくらいの「小屋」のような空間を、材木でつくった。側面には、ドリルで無数に小さな穴を開けていて、まるで鳥の巣のようである。設置面には、たくさんの枯れ葉を敷き詰めて、全体としてランド・アートのような雰囲気を醸し出していた。

ユウナちゃんは、「東京テレポート」という、三〇分の映像作品をつくった。パネルに描いた風景の絵に、画像をプロジェクターで投影した。東京テレポート駅付近から見える、羽田空港に着陸していく飛行機の様子を、延々と流している。

一月下旬。東京都美術館での卒業制作展が始まった。

学生たちの作品は、制作中に一通り見たことでもあるし、敢えて行かなくてもいいかとも思っていたのだけれども、ジャガーやハト沼がどうしても来てくれ、来ないと寂しいというので、出かけていった。

もうこんな時期になってしまったんだな。人生の最大の神秘は、結局、するりと過ぎてはもう二度と戻ってこない「時間」に尽きる。

追憶。悔恨。充足。生命は、決して繰り返さない。

さまざまな思いを抱きながら、ＪＲ上野駅公園口から、公園の中を抜けていく。何度も授業の後で一緒に酒を飲んだ、トビカン前のスペース。その、砂場や丸椅子、ブランコといったものたちの配置を確認しながら、東京都美術館の正門を入っていった。

展示室の中に置いて改めて見ると、学生たちの作品は、きちんとした芸術作品の顔をしていた。その一方で、美術館というスペースに「対抗」しなければならず、その意識の中で、作品もそれに付き添っている作者もヘナッと押しつぶされてしまっているケースも、散見された。

目を惹いたのは、一人の少女だった。

「凄いな、この作品。」

ほれぼれとそれを見つめながら思わずつぶやいた。他にも、何人かの入場者が、その大きな絵画の前で立ち止まっていた。そこから先に行くことができなかったのである。

満開の、藤の花が描かれている。上から垂れている花の群れの中を、ひとりの女の子が、前屈みになりながら進んでいる。無数の藤の花が雨のように降りてくるのを、両脇によけながら、歩いている。

ほほえましくも美しい光景。この絵画のテーマが、「少女時代のメルヘン的な風景」だと言ったら、大抵の人は納得することだろう。気楽にその絵を見ている限りにおいては、それ以上気付かないで通り過ぎてしまうかもしれない。

しかし、もっと近づいて、よくよく見ると、美しい藤の花の連なりの先に、黒く垂れ下がっているものがある。そのような見かけをした花先は、自然界にはしばしばあるだろう。だから、うかつな観察者は、それが植物性の変異であると認識し、やり過ごしてしまうかもしれない。

ところが、じっくりと観察してみると、それは、「熊ん蜂」の群れなのである。花が腐って黒くなっていると見えていたものは、実は、無数の熊ん蜂が重なったものであった。

ぶーんと、彼らの立てる羽音が通奏低音として聞こえてくるような、そんな不気味さが、美しく、可憐な藤の花の先に隠されている。その中を、無邪気に歩んでいるかのように見えた可憐な少女も、改めて見ると、その目に底光りする狂気をはらんでいる。

作品のタイトルは、『世界中の子と友達になれる』。日本画科のエリアに、その絵はあった。作者は、「松井《まつい》冬子《ふゆこ》」。

「絶世の美女にして天才って、本当に、いたんだなあ。」

ジャガーから、その名前を何度か聞いていた。東京藝術大学の日本画科に、松井冬子という人がいる。その人は絶世の美女であり、しかも凄い絵を描く。お寺に籠もって、幽霊画を研究している。そんな「噂」のようなことを、ジャガーやハト沼が時折口にしているのを、耳にしていた。

真剣な顔をして隣で見ているジャガーに声をかけた。

「お前ら、やられたなあ。」

「へいっ。」

「完敗だなあ。」

「へいっ。」

「これで、終わったな。」

「へいっ。」

「ハト沼は、見たのかな？」

「午前中に、一緒に見ました。」

「杉ちゃんは？」

「杉ちゃんは、この絵の前にしばらく立って、何か考え事をしていました。」

「そうかぁ。」

早回しにすれば、杉ちゃんと絵の周りに、きっと、色の奔流が生まれている。その中に、女の子と藤の花があって、そこだけ明るく光が当たっている。


トビカンで、みんなの卒業制作作品を見た後、キャンパス内のアトリエみたいなところで、「打ち上げ」の飲み会をした。

ああ、これで、もう、みんなで呑むことも、あと何回だろう。そんな思いもあって、しんみりと、静かなスタート。お酒を買いにいったジャガーも、いつものように「へいっ、へいっ、へいっ！」と言いながら戻ってくるのではなくて、黙ってレジ袋を両手に提げてきた。

ビールから始まり、日本酒、そしてワイン。ちゃんぽんで呑んだせいか、みんな、胸の中で火がちょろちょろ、次第に激してきて、途中から、どうやらたいへんなことになってきた。

最初は、例によって、ジャガーとハト沼が、お互いにジャブを出し始めた。

「う、植田くん、卒業制作で、ア、アニメをやるって言ってたのに、結局は、ふ、ふつうのペインティングだったね」とハト沼が言った。

うん、それは、みんなが疑問に思っていたところだ。

それに対して、ジャガーは、言い訳のようなことをつぶやいた。

「アニメは、やっぱり、強度の持続が必要だから、とりあえず、一撃の、ペインティングの集中に賭けたんじゃないかっ！」

「そ、それは、い、いわゆる言い訳だよね、植田くん。」

「なにを〜。」

ジャガーは、ハト沼の頭を一つこつんとやってから、本格的に「反撃」した。

「ハッスンこそ、なんだよ〜、あの四コマ漫画は！　リキテンシュタインのような、ポップとファインアートの融合からは、ほど遠かったじゃないかっ！　そもそも、ハトの擬人化も、うまくできていないし。」

思わぬ豆鉄砲を食らったハト沼は、目を大きく見開いて、首を前後に揺らした。やがて、気を取り直すと、さらなる攻撃をジャガーに加えるかと思いきや、「あっちの方向」に、「言葉のミサイル」を飛ばすという暴挙に出た。

「す、杉原くんは、パ、パフォーマンスに比べると、さ、作品は、おとなしいよね。」

あ〜、言っちまった。アンタッチャブルの杉ちゃん、猛《たけ》り狂う縄文原人に、ハト沼は、何を言い出すのだ。ひやっとして、部屋の隅で、杉ちゃんの方を見ると、暗い顔をして膝の前で手を組み、そのまま動かない。

杉ちゃんは、今日は、今のところ休火山か。いや、この縄文原人が、活動を停止するはずがない。ただ、マグマが噴出するまで、しばしの猶予があるというだけのことなのだ。待機して、戦慄せよ！

「キイーッ！」

驚いたことに、奇声を上げたのは、菜穂子だった。これもおそらくは彼女が選んだのであろう、ハト沼の相変わらずアシンメトリーな服の袖をたくし上げて、赤い跡がつくくらい強く、腕に爪を立てている。

「あっ、い、痛い、い、痛いよ、菜穂子ちゃん！」

どうしたんだろう、と菜穂子の様子をよくよく見てみると、どうやら特に作品に不平不満があるわけでなく、単に酒を呑みすぎて人が変わってしまったようである。百鬼夜行のような怪しい表情が宿っている。

「あっ、い、痛い、や、やめろよ、菜穂子ちゃん！」

ハト沼の反応を見ていると、どうやら、菜穂子のいつものやり口らしい。「痛いイタイ」が、場慣れしている。

ジャガーはと言えば、床に座って、斜め上の、天井の方を向いているユウナちゃんに、何やら静かにささやいている。時々、ユウナちゃんのグラスに、お酒をついであげたりしている。むろん、ユウナちゃんの作品を、論評するなどというような不届きなことはしない。ただ、ふんわりと、女神さまのたましいをなだめることに、これ、努めている。

今晩は、それが正解だろう。

誰も、松井冬子さんの作品については、一言も触れない。

バタン、と音を立ててドアが開いた。小さな、暗い部屋がそこにある。

絵の具がこんもりと盛られたパレットが床の上に落ちているのが見える。

明かりは、裸電球一つ。

丸めて捨てられた紙や、漫画本、べっとりと色がこびりついてそのまま固まってしまった筆、そんなものが、足の踏み場もないくらい散乱して、薄明かりの中に照らし出されている。

足を進めた。誰かがいる気配がする。中に入ると、部屋の右側に、背中を丸めた男がいた。

その後ろ姿に、見覚えがある。

「おい、ジャガー！」

ジャガーは、返事もせず、没頭している。目の前のキャンバスに、一心に筆を走らせている。

それでわかった。まさに、あのアトリエの中にいるのだ。ジャガーが、夏休みに、先生、ぼくの家を見てください、と言って連れてきた、あのアパートの一室である。

何を描いているのだろう、と近づいていく。ちょうど、キャンバスに裸電球の光が当たる角度になって、てらりと姿が浮かび上がった。

女の顔である。夏休みに見た、肌が赤黒くて、そこに不気味な生きものがいると感じさせる、そんな肖像画。

しかし、何かがヘンである。印象が、微妙に、以前とは異なる。

顔の印象が違う。赤い筋が、混じり合うように重なっている。それが、起伏に乏しい山脈のようでもあり、肉でできた絨毯《じゅうたん》のようでもある。

それでいて、魂の芯を明らかに通じさせるような、そんな恍惚の気配がある。ところが、一方では、どこか表情が乏しい、とさえ言えるのだ。

はっと一瞬のうちに気付いた。そして、戦慄が走った。

皮がない！

この女の顔には、皮膚がない！

肌が赤黒い女の顔の絵が、皮膚がない女の顔に変わっている。少し、目も見開いているかのようだ。

ジャガーは、後ろに立っていることに全く気付かないように、一心にキャンバスに向かって、次はどこに筆を置こうかと、皮をはぎ取られた女の顔の絵を眺めている。そして、時折、ちらり、ちらりと右の暗がりを見ている。

あたかも、そこに、モデルがいるかのように。

そっちを見てはいけない。

絶対に、そっちを見てはいけない。ジャガーだって、本当は、そっちを見てはいけない。

「おい、ジャガー！」

もう一度、必死さを懸命に押し殺して声をかけた。

「へいっ！」

間抜けな声が聞こえる。そして、ジャガーの首が、ゆっくりと捻れて、顔が回転し、こちらを向いた。

「おや、先生！」

声が、あちらの方から聞こえる。

ふしぎだ。ジャガーの顔が、若くなっている。無精ひげがなく、ツルンツルンで、やや、ほっそりとしている。見たことはないけれども、東京藝大を四浪しているときには、こんな表情をしていたんじゃないか。

じっと見ていると、ジャガーは、にかっと口を開いて笑った。歯が、一本ない。いつものジャガーだ。

なんだか、その緩和の句読点で、急に舌が回転し始めた。

「おい、ジャガー。いくら塩谷が、お前は実存が、描けていない。この世界の薄皮を一つぺりっとはがすと、向こうに全然違うものがあるんだって言ったからって、本当に皮を剝がすことはないだろう。」

「へいっ。」

「何が、へいっ、だよ。どうするんだよ、皮、剝がしちゃって。ただじゃ済まないぞ。」

「へいっ。」

「ちゃんと、許可はとったのか？」

「へいっ。」

「顔の皮を剝がす免許がないと、たいへんなことになるぞ。」

「へいっ。」

そんな会話をしているうちに、ジャガーの顔が、みるみるふくらんでいつもの赤ら顔になり、無精ひげが生えてきた。身体もてんとう虫のように、まん丸になった。

「あれっ、ジャガー、お前、いつもと変わらなくなったなあ。おかしいなあ。」

「へいっ。」

その時、ぎくっとした。

心臓が、凍った。

こりゃ、ダメだ、一見、いつものジャガーのようだが、やはり、目がイッテしまっている。

慌てて、逃げようとした瞬間、突然、ジャガーの顔から、大量の鼻水がどばっと出た。うわっ、顔にかかる、と腕で遮ったところで、朝になったことに気付いた。


どうやら、ぐっすりと眠ったらしい。窓から、白い陽が差している。ちょうど、顔のあたりに、光が当たっている。

前夜の記憶がよみがえってきた。最後に、ジャガーが、ユウナちゃんのグラスにお酒を注いでなだめていたところまでは覚えているけれども、その後、キャンパスを出て、どこをどう帰ったか、思いだそうとしても、はっきりしない。

それにしても、なんで、あんな夢を見たのだろう。

横になったまま、その意味を考えた。

アーティストは、良い絵を描くためには、不道徳なことさえやりかねない。凡庸な作品をつくるいい人であることと、悪い人でも傑作を描くことのどちらかを選べと言われれば、芸術家の答えは決まっている。

問題は、選ぼうとしても、心と体の自由が、案外利かないことだ。

どんないい人の中にも、悪い人が潜んでいるものだとするならば、着ぐるみを脱がなくてはならない。ところが、着ぐるみは、しばしば、自我と一体化してしまっている。

うまく皮を剝ぐことは、むずかしい。美は、往々にして、皮一枚に過ぎないからだ。そして、着ぐるみは、油断をしていると一生つきまとう。


卒業制作展は、終わった。それはまた、ジャガーや、ハト沼、杉ちゃんたちとの、別れの時間が近づいてきたことを意味した。

卒業制作展の最後の日に、また「事件」が起きた。

一体、何があったのか。しばらく経ってから、ジャガーに聞いた。

展示の最終日、杉ちゃんは、朝から何だか様子がおかしく、妙にハイテンションで、自分の作品のまわりをうろうろと動き回っていたのだという。

杉ちゃんは、その日も、全身を茶色に塗りたくり、顔に迷彩を施した縄文原人姿であった。初めての人が見れば「ギョッ」となるが、何しろジャガーもハト沼も杉ちゃんのそういう姿には慣れているので、「ああ、またやっている」「通常営業か」くらいにしか思わずに、自分たちの作品の周りでぼんやりしていたのだという。

東京都美術館の開館時間もあと三〇分ほどになった。卒業制作展が終わったあとの打ち上げの相談をしている学生たちもおり、また、見納めのお客さんがそろそろ帰ろうか、という頃になって、異変は起こった。

突然、杉ちゃんが、叫び始めたのだ。目をギョロッとさせて、膝を床の上につき、「うぉー！　うぉー！」と絶叫し始めた。

ぎょっとして杉ちゃんを見る来館者たち。しかし、皆、案外気にせずに通り過ぎていく。何か、叫んでいる人がいるけれども、東京藝大の卒業制作展のことだし、学生さんの中には、ヘンな人もいるだろうし、そもそもこの人、迷彩塗っているし、パフォーマンスだろうくらいにしか認識されなかったらしい。

近くにいたジャガーやハト沼も、杉ちゃんが、奇声を上げ始めても、「ああ、始まったよ」「最後の三〇分だから、盛り上げようとしているのかな」「花鳥風月だね」くらいにしか思わなかったらしい。

やがて、「うぉー！　うぉー！」と空気を振動させながら、杉ちゃんは、自分の作品、すなわち、木材でつくった「小屋」のようなものに、次第に「体当たり」し始めた。

バーン！　バーン！

小屋は、杉ちゃんの体当たりを受けて、ぐらぐらと揺れ、少しずつ場所を移動し始めた。

「これはっ！」

近くに立っていたジャガーは、思わず声を上げた。それは、確かに「新しい」事態であった。今まで、杉ちゃんは、パフォーマンスの中で、いろいろ無茶はしても、自分の作品に体当たりしたことなどなかったからである。

バーン！　バーン！

杉ちゃんの体当たりは、ますます激しくなっていった。その様子を見ていたハト沼やジャガーがいちばん心配したのは、杉ちゃんが「怪我」をするのではないかということだったという。

何しろ、木には細かい穴が開いていて、皮膚が傷つく可能性は、十分にあったからだ。しかし、杉ちゃん本人は、そういうことは全く気にしていなさそうだった。

バーン！　バーン！

小屋は、さらに動いて、杉ちゃんの作品のもともとの展示場所から、すっかりずれてしまった。小屋が、隣の作品の位置を通り過ぎて、さらに進んでも、杉ちゃんがバーン！　バーン！　という体当たりを止めなかった時、ジャガーやハト沼は初めて「これはマズイかもしれない！」と思い始めた。

バーン！　バーン！

杉ちゃんの動きは、さらに加速し、激しくなり始めた。それと同時に、「明確な意図」が見え始めた。というよりも、ひょっとしたら、杉ちゃんにも、最初はあいまいな気持ちしかなくって、小屋に体当たりしているうちに、「そうだ、オレはこういうことがやりたかったんだ！」と気づいてしまったのかもしれなかった。

バーン！　バーン！　バーン！

杉ちゃんの体当たりは、さらに容赦ないものとなり、その音は、展示室全体に響き渡った。ジャガーと、ハト沼は、「杉ちゃん、どうしたの？」「杉原くん、待ちなよ！」と言いながら一緒に歩き、止めようとするが、動き出した縄文原人を、もはやどうすることもできない。

バーン！　バーン！　バーン！

杉ちゃんは、動かしがたい意志を持ったイノシシ人間のようになってしまっていて、一言も発せず、とりつかれたように身体の全エネルギーをかけて小屋にぶつかり続けた。

小屋がどんどん動いていくので、ジャガーとハト沼、それに残っていた学生たちは、とりあえず、両側に両手を広げて並んで、他の学生たちの作品が傷つかないように、保護の「鎖」をつくったのだという。

杉ちゃんの人間イノシシは、衝突運動を止めず、ついに、小屋は、展示室の外に出てしまった！

バーン！　バーン！　バーン！

それでも、杉ちゃんは、止まろうとしない。

バーン！　バーン！　バーン！

杉ちゃんの「小屋」は、廊下を移動しつつ、徐々に、展示室から離れていく。

杉ちゃんは、何をしようとしているのだろう？　この一連の行為の、最終的な目的は何なのだろう？

そんな疑問が、そろそろ、見ている者の脳裏をかすめ始めた。

バーン！　バーン！　バーン！

それでも、杉ちゃんは、体当たりをやめない。

このあたりになって、ようやく、ジャガーやハト沼も、杉ちゃんの目指していることが、実は、かなりヤバイことなのではないかということに気づき始めた。

そう、杉ちゃんの小屋が、次第に動いていく方には、手すりがある。手すりの向こうには、広々とした吹き抜けがある。

杉ちゃんを始め、東京藝術大学の学生が卒業制作展をやっているのは、二階のスペースであった。杉ちゃんは、バーン！　バーン！　と体当たりして、自分の作品である「小屋」を手すりに向かって移動させていく。ということは、つまり……。

杉ちゃんは、自分の作品を、吹き抜けの二階から一階に、落とそうとしているのではないか!!!

そのことに気付いたジャガーとハト沼は、慌てて、杉ちゃんに必死の説得を試み始めた。

「杉ちゃん、やめなよ！」

ジャガーは、杉ちゃんの肩に手をかけた。

「すすすすす、杉原くん、ややややややや、やめなよ。」

ハト沼が、杉ちゃんの後ろから、羽交い締めにした。それは、「止めろ」という明確な、そして決死の意思表示であったが、人間イノシシと化した杉ちゃんには、通じないようであった。

そもそも、ハトがイノシシに勝てるはずがない。

バーン！　バーン！　バーン！

杉ちゃんの小屋が、いよいよ、二階フロアの一番端に近づいてきた。その手すりに向かってまっすぐ、杉ちゃんは小屋を押し進めていった。

バーン！　バーン！　バーン！

さすがに、異変を察知したのか、東京都美術館の警備員が二人、駆けつけてきた。

「おい、君、やめたまえ！」

杉ちゃんは、その時もうすでに、小屋を、手すりのすぐ横にまで、押してきていた。警備員の姿を認めると、突然すばやさを増した野生動物のように、杉ちゃんの手が動き始めた。そして、手すりを「テコの支点」にして、小屋の上部を器用に押すと、そのまま、手すりの向こうへと押し倒した。

「うぉりゃあああああ！」

人間イノシシから縄文原人に戻った杉ちゃんがそう叫び声を上げると、小屋は、手すりを乗り越えて、向こうのスペースへと消えていった。

「あっ。」

「あっ。」

ジャガーとハト沼は、思わず同時に声を出した。

「あっ。」

二人の警備員も、立ち尽くすしかなかった。

昔からよく言われることだが、そのプロセスが、ジャガーやハト沼には、スローモーションのように見えたという。ジャガーがいつか作りたいと思っている、コマ送りのアニメーションのように。

ズドグチャーンバラバラパラパラ！

烈しく砕ける音がした。

ジャガー、ハト沼は、あわてて手すりのところに向かった。見下ろすと、杉ちゃんの小屋が壊れている。木材がゆがんで、一部が飛び散っている。

しかし、幸いなことに、その手すりの下は、人が入れないスペースになっていて、人的な被害はなかった。その空き地の中に、杉ちゃんの小屋は落ち、砕けたのである。

杉ちゃんは、もはや人間イノシシでも、縄文原人でもなく呆然とした一人の青年に戻って、その場に立っていた。

「あとから考えると、杉原のやつ、あらかじめその手すりの下は人が来ないスペースだと知っていて、だから、落としても大丈夫だと判断して、計画していたんじゃないですかね。」

その日の出来事を語り終えた後、ジャガーは、そう言った。

もう、卒業まであと少しとなった冬のある日、ジャガーが仕事に同行した。「お前、卒業して就職したら、サラリーマンというものは、そう簡単には会えないわけだから、もう少しだけ、書生みたいなことをしてみるか」とジャガーに聞いてみると、いつものように「へいっ！」と気のいい返事をして、ついてきたのである。

ジャガーと向かったのは、雪国、長岡《ながおか》にある美術系の大学だった。駅で降りて、降り積んだ雪の中を、車でキャンパスに向かった。大学の講堂で、講演をした。喋っている間、ジャガーは時折鼻クソをほじったりして暇そうにしていた。絵を描くか、女の子の相手をしている時以外は、基本的に退屈そうにしている男なのである。

近くで花火が上がるというので、大学の人が案内してくれた。長岡は、もともと、三尺玉の大きな花火が上がることで知られるところ。「裸の大将」山下清《やましたきよし》も、その様子を貼り絵にしたことがある。大戦中の空襲の犠牲者を追悼した夏の花火が有名であるが、冬にも、「雪しか祭り」という名の下に、花火を打ち上げる。

「雪しか」は、昔の長岡で、雪をピラミッド状にしてその表面をむしろで覆い、夏でも冷蔵用に保存していた習慣に因む名前なのだという。氷雪を販売していたお店の屋号が「雪しか」なのだそうである。

雪の上で花火が咲くそのあり様は、とても綺麗で、イングマール・ベルイマン監督の映画『ファニーとアレクサンデル』の冒頭近く、白い大地の中で赤や青、黄といった色とりどりの花が鮮やかに売られている、そのシーンを思い出させた。

花火を見ながら、横にいるジャガーが、前触れもなく話し始めた。

「ぼくが六歳の時、母親は家を出ていったんです。」

「えっ、そうだったのか?」

ジャガーの父親の話は何度も聞いていたし、実際に家で会ってパックのドトールコーヒーもご馳走になったが、ジャガーが母親の話をするのは、初めてだと気づいた。

「今、どこにいるんだ?」

「それが、わからないんですよ。」

「その後、会ったことはないのか?」

「ないんです。」

「どうして、出ていっちゃったんだ?」

「いやあ、その少し前から、何かがおかしいなとは思っていたんですよ。あれは、ぼくが幼稚園の年長の時でした。そもそも、その頃は、家に父がいなかったんですよ。ある日、母と一緒に近所の家に行ったら、母親があざをつくって帰ってきたんです。どうやら、父親のせいだったらしい。ぼくは、ひとり、ドールハウスで遊んでいたんですが。」

「そうか、いろいろあったんだなあ。」

「その少し前に、ぼくは交通事故に遭ったんです。そのせいで、ぼくは、しばらくお風呂に入ることができなかった。それで、母親が、ぼくの足に、ぐるぐる何かを巻いて、足をさすっていると、父がいきなりドタンと入ってきたんです。そんなこんなで、徐々に、夫婦の中がおかしくなっていったようなんです。だけど、まさか母親が本当にいなくなってしまうとは、思ってもみませんでした。」

「そうだったのか。」

「母親、家の近くの花屋さんと逃げちゃったんですよね。やっぱり、父のやっている入れ歯屋よりもいい、って母親が思ったんじゃないかと思って。」

「そんなこと、ないだろう。歯科技工士は、立派な仕事だぞ。」

「学校から帰ってきたら、なんだか、へんな雰囲気で、みんな泣いてて、それで、母親が、階段を下りて出ていって。なんとなく、子ども心に、ああ、母親を見るのはこれが最後かも、って思ったんですよね。」

「そうか。」

「それで、翌日から、叔母が来てくれたんですよね。父の妹なんですが。それで、その朝叔母が淹れてくれたのが、人生で初めて飲んだ、キャフェオレでした。世間では、カフェオレ、って言うんですかね。でも、叔母は、なぜか、キャフェオレって言うんです。そのキャフェオレが、本当に美味しくて。」

「それで、母親の手がかりは、全くないのか？」

「そうなんです。一度、兄が中学生になってサッカーをしている時に、母親らしい女の人が学校に来た、という話は聞いたことがあるのですが。」

「そうか。」

「母親が、ソバージュの髪型だったもので、それ以来、ソバージュの女の人をみると、ドキッとしてしまって。小学校三年生の担任の青木《あおき》先生も、教室に入って見たら、ソバージュだったので、ひょっとしたらと、ドキッとしてしまって。」

「そうなのか。」

「それから、小学校四年生で、初めて通い出した絵画教室の丸山《まるやま》先生も、ソバージュで。オーバーオールを着てて。最初に見たとき、ひょっとしたら、と思いまして。」

「ジャガー、お前、もしかしたら、オレがお前の家に行って、お父さんがドトールコーヒーをパックから注いだ日に、今のこと言いたかったんじゃないか。」

「はい、実はそうです。でも、あの時は、話せませんでした。」

「やっぱりそうだったのか。」

「何となく、話せませんでした。」

「ドトールコーヒーが、キャフェオレだったら、話せたかもしれないな。」

「へいっ！」

それから、ジャガーと並んで、黙って、雪原の上のひんやりとした空に広がる、光の花を見た。

「おい、ジャガー。やっぱり、鼻水よりも花火の方が、綺麗だなあ。」

「へいっ！」

「おばさんの作ったキャフェオレ、うまかったんだろうなあ。」

「へいっ。」

シュルシュルシュルシュル。

どおん！

花火が上がって空に消えていく時間の中で、胸の内の何かが溶けていく。

「四月から、会社だな。今までのようには行かないぞ。せいぜい、がんばって、勤めろよ。それで、また、自由に芸術がやりたくなったら、いつでも辞めていいから、オレのところに戻ってこいよ。」

「へいっ。」

もう一つ、ジャガーに言っておくべきことがあるように感じられた。

「そうだお前、ユウナちゃん大切にしろよ。」

「へいっ！」

その日は、雪に包まれた長岡に泊まりだった。ジャガーと駅近くの居酒屋で飲むと、そのままホテルの部屋に戻って眠ってしまった。ジャガーは、さらに、「へいっ、へいっ、へいっ！」とばかりに、夜の街に繰り出して行ったようであった。何をしていたのかは、知らない。

翌日、ジャガーは、東京に帰る新幹線の中で、ジャガーの母親のことをもう少しだけ話した。

どうやら、母親は、ロシア人と日本人とのハーフであったらしい。「よく、ズブロッカっていうんですか、ウォッカのようなものを飲んでいました」とジャガーは言った。

「ということは、お前は、ロシアのクォーターということじゃないか！」

「へいっ！」

そう言われれば、ジャガーが、冬でもTシャツ一枚で歩いているなど、異様に寒さに強いことには気づいていた。そのようなジャガーの「寒冷地対応」の背後には、ロシアの影響があったのだろう。

「お前、クォーターというと、何だか国際的でかっこいいみたいだけど、実際にはぜんぜんそんなことないからなあ。」

そう言って、ジャガーの顔を見て笑った。

「へいっ。」

はっと気づいたことがあった。

「お前、最初にそうなった時、ユウナちゃんの胸にやたらとこだわって、ずっとすがりついていたのは、母親が六歳でいなくなってしまった、ということもあるのかもしれないなあ。」

「へいっ。」

「女の人の胸が、恋しかったんだろうなあ。」

「へいっ。」

「だから、ユウナちゃんに気持ち悪い、と言われても、ずっと胸にすがりついていたんだろうなあ。」

「うへっ、へいっ。」

「お前、アーティストとして大成するには、ひょっとしたら、通過儀礼として、その、ソバージュで、ズブロッカ飲んでいる母親と、再会する必要があるのかもしれないな。」

「そ、それはちょっと……」

「そうか、なかなか、会う心の準備ができないか。」

「へいっ。」

「いずれにせよさ、芸術の神さまは、きっと、女性だと思う。」

「そうですね。」

「いたずらに、彼女を欲するだけじゃダメだよ。きちんと、相手を見つめて、向き合わないと。」

「へいっ。」

「女を、モノ扱いしちゃ、ダメだぞ。」

「うへっ、へいっ。」

「芸術も、モノではなく、ヒトとして向き合わないと、実存は描けないゾ！」

「へいっ。」

列車が長いトンネルを抜け出ると、それまでの雪景色とは打って変わって、乾ききった、冬枯れの関東平野が広がっていた。

その日から、幾度か日が昇り、めぐって日が沈み、空気が緩み、梅がほころび、講義も、卒業制作も、すべてが終わり、仲間たちは、みんなばらばらになった。

学生の時、「でぶの哲学者」の塩谷賢と、隅田川のほとりで、一緒に缶ビールを飲みながら寝転がっていたことがある。哲学のことや、科学のこと、好きな女の子のことなどを、語り合っていた。

夕暮れが近づき、周囲が暗くなっていく中、その川縁は、デートコースになっているようであった。カップルたちは、塩谷とふたりのことを、汚いものでも見るように、半径十メートルくらいの円を描いて避けて通り過ぎていった。

振り返れば、その夕暮れが、間違いなく青春の一つの「頂点」であったと感じる。

青春とは、浪費される時間の中にこそ自分の夢をむさぼる行為ではなかったか。

偉大なる暗闇は、この上なく輝かしい生命の光にも通じる。

芸術のゆりかごは、その薄暗がりの中に、こっそり、ゆったりと揺れている。

三月も、後半になり、そろそろ空気が暖かく感じられるようになった頃。

これから銀座に向かおうと、東京駅の八重洲口《やえす》を歩いていると、向こうから、思いがけなく津口在五が来た。普段から控え目な男だが、一段ともの静かな印象で通りを歩いている。

「あれ、津口！」

手を上げて、津口を呼び止めた。

偶然、津口も銀座方面まで行くというので、一緒に歩きながら、話を続けた。

津口は、三月末で美術解剖学教室の助教をやめ、家庭の事情もあって故郷の広島県尾道市《おのみち》に帰り、新しく仕事を見つけるのだという。聞いていなかったのでびっくりしたが、どうやら前から決意が固まっていたようだ。

「津口くん、尾道に帰って、どんな仕事をするの？」

「福祉関係の団体に就職をしようと思います。」

今まで津口が取り組んできたアートとは関係がない仕事だったので、驚いた。

「フランシス・ベーコンの研究は、やめちゃうのか？」

「いいえ。尾道で、ゆっくりやっていきます。」

「どんな仕事をするの？」

「障害のある子どもたちとか、うまく社会に適応できない大人たちと、ゆっくり時を刻んでいきたいと思っています。」

「そうか。」

「昔から、そういう子どもたち、大人たちに興味があるんです。ぼく自身が、器用な方じゃないから。」

「ずいぶんと大きな環境の変化だけど、だいじょうぶか。」

「その社会福祉法人は、障害者や、美術教育を受けていない人たちの作品を展示する、アウトサイダーアートの美術館も運営しているんです。施設の仕事の方が忙しいから、すぐにというのは難しいかもしれないけど、将来、そっちの方の仕事ができればと思って。」

「そうか。津口ならば、きっと、できるよ。ガンバレよ！」

「はい。施設の方は夜勤とかもあって大変なのですが、がんばって行きたいと思います。」

「そうか、これまでとは、環境が、激変するなあ。」

「はい。」

「まあ、人生、どうなるかわからないからこそ、面白いんだから。きっと、いいことあるよ。」

「はい、ぼくも、そう思います。」

「でもさあ、今まで、本当に楽しかったよなあ。いろいろあったなあ。」

「そうですね。」

「上野公園のトビカン前でも、何度も飲んだよなあ。杉ちゃん、大竹伸朗さんに、ハイキックされていたよなあ。」

「ぼく、それ、すぐ近くで見ていました。」

「ジャガーは、むりやり、ユウナちゃんに迫って、なんとかしちゃったよなあ。」

「そうですね。」

「ハト沼は、いつも、ぽっぽっぽだったなあ。」

「ははは。そうですね。」

「津口は、ずっと、一生懸命、助教の仕事、していたよなあ。自分の研究もしながら、いろいろなこと、忙しかったよなあ。」

「いえいえ。」

「学校に出てくる時は、まっさきに来て教室の鍵開けてたじゃないか。美術解剖学教室だというんで、骨格標本のスケッチをしたい、という学生には、藤田さんとの間をとりもったりしてな。あれはあれで、大変だったんじゃないか。」

「たいしたことありません。」

「杉ちゃんとかが好き勝手やったことの落とし前をつける書類をそろえる仕事も、津口、ずいぶんやらされていたしなあ。卒業制作展の例の騒ぎの、後始末とか。」

「いえいえ、仕事でしたから、当然です。」

「津口、いつも黙って一人でやってて、ほんとうに偉かったよ。」

銀座までは、まだ信号いくつぶんかあった。しばらく黙って、津口の横で歩き続けた。寒さの底がようやく緩んできて、あちらこちらで、桜の花がほころび始めているこの世界の中で、生命は、新たなうねりを見いだそうとしていた。人々の心は、春の空気の中で何かを求めるように、彷徨《さまよ》い始めていた。

東京藝大の教え子たちは、紆余曲折がありつつも、それぞれの道を見つけつつあるようだった。

ジャガーは、これから、巨大遊園地でサラリーマンをやって、さまざまなキャラクターの絵を描く。その向こう側には、いつか世界を驚かせるアニメを創るという野望があるらしい。一方で、いつかは会社を辞めて、先生の「書生」をやりながら、アーティストを目指したい、などと口走っているらしい。

ハト沼は、修士課程に進む。大学院では、上野公園のフィールドワークを続けつつ、自画像の研究をする計画だと聞いた。相変わらず、菜穂子セレクトの、アシンメトリーの服を着ているらしい。

阿部ちゃんは、有名ギャラリーに就職。さっそく、海外出張が決まったそうだ。

杉ちゃんは、とりあえず父親の故郷である長野の湖の畔《ほとり》の家に帰り、アーティスト活動を続けていくのだという。お腹がすいたら、また、庭から雑草を引き抜いてきて食べるのだろう。それで、相変わらず、時には縄文原人に退化していくのだろう。

ユウナちゃんは、絵画教室をやりながら制作を続けていくのだという。高校の美術の、非常勤講師の口も決まったという。ジャガーとのことも、ゆっくりと育んでいくつもりらしい。

結局、一番着実で、地に足がついているのは、ユウナちゃんだ。そのユウナちゃんが、いかにも頼りないジャガーと一緒にいてくれるというのだから、人生はほんとうに不思議だ。

それぞれの、春がある。それぞれの、日の出がある。一つとして、同じ人生などない。そんなことを思いながら、津口と一緒に、銀座への道を歩いていた。

突然、津口の様子がおかしいことに気づいた。

津口の肩が、ゆれている。嗚咽が聞こえる。

津口が泣いている。人目もはばからずに、号泣している。いつもクールで、口数が少なく、アートにまっすぐな男の両目から、ぽろぽろと大粒の涙がこぼれている。

「どうした、津口？」

「えっ。あっ、いえっ。」

津口のほっぺたに、きれいな水の跡が伝って、路面にぽとぽとと落ちている。まるで、雨が降ったみたいに、あちらこちらに黒い染みが出来ている。

津口は、ついに、立ち止まってしまった。あふれ出る涙をぬぐって、津口が立ち尽くす。

津口在五が、肩を揺らしながら、泣きじゃくっている。
そのまま、一つの生きた彫像となっている。
今、この姿に、出会うのか。
やがて、そんな様子も、世界のすべてがにじんで見えなくなる。

春が過ぎ、夏が終わって、季節がめぐり、やがて秋の気配が深まってきたある日。

上野公園を、たまたま歩いていた。仕事の移動の合間に、ちょっと通って見ようかと思った。

東京藝術大学での講義や、その他の事務もすっかり終わり、あのキャンパスに足を運ぶことも、なくなってしまっていた。

ジャガーは、ちゃんと会社員をやっているのだろうか。ハト沼は、大学院でがんばっているかな？　杉ちゃんは、長野の湖の畔で、何をしているのだろう？　相変わらず、ウォリャーッと、飛び降りたり、駆け回ったりしているのだろうか？　ユウナちゃんは、絵画教室、順調かな。津口は、故郷の尾道で、新しい挑戦を、続けているんだろうか。

なつかしい仲間たちのことを思い出しながら噴水広場まで来たとき、ふと、足を止めた。

おや、あの木の梢《こずえ》のかたちには、見覚えがある。

ちょっとした気づきから、さまざまな記憶が、よみがえる。

見上げながら、『モナリザ』を見に東京国立博物館を囲む列に並んだ、遠い日のことに思いが至った。

あれは、小学校六年生の時。たった一枚の絵を見るために、人が何重にもぐるぐる回って取り囲んでいて。

次第に名画に近づくその時間が、この上なく、かけがえのない、すばらしいものに感じられた。

あの日、「絵って凄い！」と思った。

こんなにたくさんの人が、「謎の微笑み」を見に集まるなんて！　スタアだ。そういうものを作り出す画家って、凄い！


トビカン前の、いつも講義の後にみんなで飲んでいた公園に近づくと、思いがけずフェンスが見えてきた。

工事のために、立ち入りが出来なくなっていた。公園全体の整備の一環として、作り替えられるらしい。

フェンス越しに、あの頃の自分たちの「居場所」が、そっくりそのまま見えた。

砂場も、その横の丸い椅子も、ブランコも、ベンチも、木立ちも、以前のままだった。ただ、工事のフェンスが邪魔をして、もはや近づけない。

あそこで、講義の後にお酒を飲んだ。喋った。笑った。泣いた。大竹伸朗さんが、だーっと駆けてきて、杉ちゃんの持っていた紙コップを蹴り上げた。福武總一郎さんが、下手くそな画学生たちに、アジ演説をした。ハト沼が、菜穂子と愛を語らっていた。ジャガーが、「へいっ！　へいっ！」と駆け回った。

間違いなくあの椅子、ブランコ、そして、砂場だ。

そして、それらのものは全て、もうすぐ跡形もなくなってしまうのだろう。

ふと、えも言われぬ錯覚にとらわれた。少年時代のあの日、東京国立博物館の周りを、あんなにぐるぐると囲んで並んで、さんざん待って、ようやく見た絵画って、本当に『モナリザ』だったのかな。

それとも。

あの時、ぐるぐるの長い列の先にあったものが、『モナリザ』ではなくて、ある一人の若者の渾身の筆による絵画であった、という可能性は、常に、どこかにあったんじゃないか。

たとえ、すべての可能世界の中で、そんなふうになる確率がどんなに低いとしても。

芸術の夢。それは、不確かではあるが、今見上げている空よりも必ず大きく、そして青い。

いつかは、芸術の神さまの懐に、抱きしめられたい。

そんなとりとめのない希望を喰らって生きている、愚かで向こう見ずな若者たちの群れ。ふしぎなかたちをした影たちが、すっかりフェンスに囲まれて近づけなくなってしまった公園の中に、色鮮やかな幻となってよみがえり、いきいきと動き回っている。そんな、永遠の幼児《おさなご》たちの姿を、いつまでも、いつまでも、追いかけていた。

茂木健一郎（もぎ・けんいちろう）

一九六二年一〇月二〇日、東京生まれ。東京大学理学部、法学部卒業後、東京大学大学院理学系研究科物理学専攻課程修了。理学博士。理化学研究所、ケンブリッジ大学を経て、ソニーコンピュータサイエンス研究所シニアリサーチャー。東京大学、大阪大学、早稲田大学非常勤講師。二〇〇二年から二〇〇七年まで、東京藝術大学で非常勤講師として講義を担当した。

専門は脳科学、認知科学。

「クオリア」（感覚の持つ質感）をキーワードとして脳と心の関係を研究するとともに、文芸評論、美術評論にも取り組んでいる。

二〇〇五年、『脳と仮想』で、第四回小林秀雄賞を、二〇〇九年、『今、ここからすべての場所へ』で第一二回桑原武夫学芸賞を受賞。

その他の著書に、『クオリア降臨』、『ひらめき脳』、『「赤毛のアン」に学ぶ幸福になる方法』、『セレンディピティの時代 偶然の幸運に出会う方法』などがある。

東京《とうきょう》藝大《げいだい》物語《ものがたり》

二〇一五年五月二七日 第一刷発行

著者 茂木《もぎ》健一郎《けんいちろう》

発行者 鈴木 哲

発行所 株式会社 講談社

〒112-8001 東京都文京区音羽2-12-21

電話 編集 03-5395-3502

販売 03-5395-5817

業務 03-5395-3615

印刷所 株式会社精興社

製本所 大口製本印刷株式会社

定価はカバーに表示してあります。

Printed in Japan ISBN978-4-06-219478-5